generación
del 27.poemas

PUNTO

DE

ENCUENTRO

José Antonio García

generación
del 27.poemas

everest

Dirección Editorial: Raquel López Varela
Coordinación Editorial: Ana María García Alonso
con la colaboración de Esteban González
Maquetación: Cristina A. Rejas Manzanera
Ilustraciones de cubierta e interior: Enrique Sánchez Moreiro
Diseño de cubierta: Jesús Cruz

SEGUNDA EDICIÓN

© EDITORIAL EVEREST, S. A.
Carretera León-La Coruña, km 5 - LEÓN
ISBN: 84-241-1842-6
Depósito legal: LE. 1304-2007
Printed in Spain - Impreso en España

EDITORIAL EVERGRÁFICAS, S. L.
Carretera León-La Coruña, km 5
LEÓN (España)
Atención al cliente: 902 123 400
www.everest.es

Índice

La Generación del 27

LA GENERACIÓN DEL 27

Introducción a su estudio

I. EL CONCEPTO

En Literatura, el término generación se utiliza para designar a un grupo de escritores y escritoras, surgido en una determinada época, cuyos componentes representan el paso de un sistema de creencias e intereses artísticos, culturales, sociales y políticos a otro nuevo e innovador. Pero con ser clara la definición que sobre el propio concepto ofrece el diccionario, en la realidad, reunir a los miembros que bajo dicho término puedan relacionarse se hace difícil, y, en muchos casos, imposible, dado que, aunque se den circunstancias de vida y obra coincidentes, el proceso de creación es muy personal y particular, por lo que entresacar características comunes en el quehacer literario de cada cual no es tarea fácil. "La generación existe, y tiene interés para la cultura; pero para la historia de la literatura no existe más que el poeta individual –mejor dicho, la criatura, el poema–. Por lo tanto, el valor de una generación no es cantidad conjunta, indivisible, sino mera acumulación de valores individuales" (Dámaso Alonso, 1978:176). Es normal, por estas razones, que los estudiosos de la materia muestren entre sí grandes diferencias a la hora de fijar un análisis concreto.

En la Historia de la Literatura Española más cercana esto último que decimos puede aplicarse, por ejemplo, a la llamada Generación del 98 (fue precisamente Azorín, quien como componente de aquélla, y crítico, apuntó, en primer lugar, hacia el nombre en cuestión) y, más tarde, a la que ahora nos ocupa, la Generación del 27. Con respecto a ésta, algunos especialistas prefieren llamarla grupo en vez de generación, aunque habrá de tenerse en cuenta siempre que las argumentaciones no sean absolutamente convincentes. Luis Cernuda, miembro de ella, considera que tal agrupación debiera denominarse, mejor, Generación del 25. Y explica por qué:

"Entre los años 1920 y 1925 aparecen los libros primeros de una nueva generación poética. Federico García Lorca es quien se adelanta, en 1921, con su *Libro de poemas* y Jorge Guillén, el más tardío, con la primera edición de *Cántico* en 1928. Mediando de una fecha a otra se publican: *Imagen*, de Gerardo Diego en 1922 (no es su primer libro, pero sí el más importante de sus primeros libros); *Presagios*, de Pedro Salinas, en 1923; *Tiempo*, de Emilio Prados, en 1925; *Marinero en tierra*, de Rafael Alberti, también en 1925; *Las islas invitadas*, de Manuel Altolaguirre, en 1926, y *Ámbito*, de Vicente Aleixandre, como *Cántico*, en 1928, pero anticipándose a este en algunos meses..." (1975:137).

Otros críticos piensan igual, pero entienden acertado anticipar la fecha a 1924, más a mitad entre los años anteriormente indicados, 1921 y 1928. No faltan tampoco quienes, con muy poco fundamento, la distinguen como la Generación de la Dictadura y sólo por la irrupción de la obra de estos escritores entre 1923 y 1929, tiempos del gobierno del general Primo de Rivera. De otra parte, la influencia ejercida asimismo por los movimientos vanguardistas europeos –futurismo, dadaísmo y surrealismo– y españoles –creacionismo y ultraísmo–, orientó a reconocerla como la Generación de la Vanguardia. E incluso hay también investigadores que la inscriben como Generación de la Amistad, por la relación que muchos de sus miembros mantuvieron, efectivamente. Aún extendiéndonos más, el hecho de que Pedro Salinas, Gerardo Diego, Dámaso Alonso y Jorge Guillén fueran docentes ha contribuido para que algunos la llamen Generación de los poetas-profesores. Pero el marbete o etiqueta que, finalmente, quedó en casi todos los estudios literarios fue el de Generación del 27. Dámaso Alonso, en un hermoso artículo titulado "Una Generación poética (1920-1936)" da, no sin reservas, este nombre que en adelante perduraría, justificando los motivos por los que, sin definir, tales escritores son representativos de un grupo o generación; tal vez, junto a la del 98, la más popular de la Literatura Española. El propio autor hace referencia en su trabajo a aquella excursión sevillana realizada por determinados componentes del mencionado grupo –él incluido– para rendir homenaje al poeta cordobés Luis de Góngora, en el tercer centenario de su muerte, celebración a la que prestaremos atención posterior.

"Imagen de la vida; un grupo de poetas, casi el núcleo central de una generación, atravesaba el río (el Guadalquivir). La embarcación era un símbolo: representaba los vínculos y contactos personales que ligan a los miembros de un grupo en conjunta florescencia: la amistad, el compañerismo, los compartidos sentimientos, los mutuos influjos..."

Tales elementos, aunque sin ser los únicos necesarios, son, sin duda, importantes factores de cohesión para comprender la idea de generación, por más que el uso de este término –insistimos– se deba hacer, aquí, con cautela. Sobre la línea ya trazada, Jorge Guillén aporta también sus impresiones:

"Raras veces se habrá manifestado una armonía histórica con tanta evidencia como durante el decenio de los 20 entre los gustos y propósitos de aquellos jóvenes, cuya vida intelectual se centraba en Madrid"(J.G. 1983:184).

Pero las más sólidas razones para aceptar con propiedad el nombre de Generación del 27, y que la crítica actual comparte, ya formaban parte de aquel artículo de Dámaso, cuyos apartados comentamos a continuación:

La época de nacimiento

Si una generación agrupa a las personas nacidas durante un período de quince años, ésta del 27 tiene en 1898 una fecha capital en la que vienen al mundo Federico García Lorca, Dámaso Alonso y Vicente Aleixandre. Antes lo habían hecho Pedro Salinas (1891), Jorge Guillén (1893) y Gerardo Diego (1896). Después, Emilio Prados (1899); Luis Cernuda (1902), Rafael Alberti (1903), y Manuel Altolaguirre (1905), el más joven entre los diez autores que con mayor frecuencia son relacionados cuando se hace referencia a la Generación del 27.

Naturalmente, tal nómina puede y debe ampliarse (Pedro Garfias, José Moreno Villa, José Bergamín, León Felipe, Juan Larrea, Juan Chabás, Juan José Domenchina, Antonio Espina, José María Hinojosa, Ramón Basterra, Adriano del Valle, Miguel Hernández, Francisco Ayala, Rosa Chacel, Concha Méndez, María Zambrano...), todos en el ambiente literario de aquel primer tercio del siglo XX español, el cual no sólo encontró extraordinaria significación en la literatura. También en la música, y ahí están para confirmarlo las obras de Ernesto y Rodolfo Halffter, Salvador Bacarisse, Rosa García Ascot, o Federico Mompou, por destacar algunas figuras. Y en la pintura (Salvador Dalí, Óscar Domínguez, Maruja Mallo, Benjamín Palencia, Manuel Ángeles Ortiz, Gregorio Prieto). O en el cine (Luis Buñuel). En general, superada temporalmente la distancia que es obligado guardar para formular cualquier apreciación, bien podemos sumarnos a quienes vinieron a considerar esta etapa –con Unamuno, los Machado, Juan Ramón Jiménez y Ramón de la Serna, por delante– como "un nuevo siglo de oro".

La reivindicación de Góngora

Muchas veces se ha escrito sobre la recuperación de la obra de Góngora por parte de los poetas del 27. El entusiasmo que despierta el poeta cordobés entre los jóvenes escritores del momento determinó un cambio de opinión con respecto al mencionado autor, muy olvidado hasta entonces. La celebración del tercer centenario de la muerte de aquél llegó a constituirse, de tal suerte, en un acontecimiento central, aglutinador. Los pormenores de la efeméride forman parte de la memoria de algunos de sus más directos protagonistas:

"Cuando cierro los ojos, los recuerdo a todos en bloque, formando conjunto, con un sistema que el amor presidía, que religaban las afirmaciones estéticas comunes. También con antipatías, en general compartidas, aunque éstas fueran, sobre poco más o menos, las mismas que había tenido la generación anterior: se odiaba todo lo que en el arte representaba rutina, incomprensión y cerrilidad".

Una manera de reaccionar fue el centenario de Góngora. Gerardo Diego recogió en su revistilla *Lola* la crónica de ese centenario... Dámaso Alonso (1978:169-170) repara en los detalles: "¿Quiénes firman las invitaciones? Jorge Guillén, Pedro Salinas, yo, Gerardo Diego, Federico García Lorca, Rafael Alberti: he ahí, pues (eliminado yo), la nómina completa de las figuras centrales de la generación en su primera época, ahora coligadas para rendir homenaje a Góngora... dentro del bello barroco tardío, dieciochesco, de la iglesia de Santa Bárbara, de Madrid. Lucen los cirios en el altar, y delante se alza un gran catafalco. ¡No se quejará don Luis: buenas honras le hemos costeado!... El culto a Góngora nos lleva, pues, otra vez al año 1927, el mismo de la excursión sevillana y nos hace pensar que ese es el instante central de la generación...".

"En cuanto a los recuerdos divertidos... Muchos son. Citaré, entre otros, el auto de fe en el que condenaron a la hoguera algunas obras de los más conspicuos enemigos de Góngora, antiguos y contemporáneos: Lope de Vega, Quevedo, Luzán, Hermosilla, Moratín, Campoamor, Cejador, Hurtado y Palencia, Valle Inclán, etc. Por la noche –día 23 de mayo– hubo juegos de agua contra las paredes de la Real Academia..." (Rafael Alberti, 1978:250).

"Ya los escritores del 98 habían renovado el interés por algunas obras y algunos autores que ellos creían 'primitivos': el Poema del Cid, Gonzalo de Berceo, el Arcipreste de Hita. Ahora se airea todo el Siglo de Oro y no solamente a Góngora..." (Jorge Guillén, 1983:185).

Este homenaje a Góngora en la ciudad andaluza, del que se habla, tuvo lugar a finales de 1927. Era mediados de diciembre. Los actos se celebraron en la Sección de Literatura del Ateneo de Sevilla. Y todo gracias a las gestiones realizadas por Ignacio Sánchez Mejías, figura del toreo muy próxima, por razones de amistad y compromisos literarios, a aquel nutrido ramillete de poetas formado por el mismo Dámaso, Jorge Guillén, Gerardo Diego, Rafael Alberti, Federico García Lorca, Bergamín y Chabás.

La presentación de estos escritores se constituyó en un importante acontecimiento cultural, cuya fotografía de "familia" se ha convertido en una imagen emblemática. La prensa nacional y local no dejó de reparar en elogios; el público asistente, tampoco:

"Aquellas veladas nocturnas del Ateneo tuvieron un éxito inusitado. Los sevillanos son estruendosos, exagerados hasta lo hiperbólico. El público jaleaba las difíciles décimas de Guillén como en la plaza de toros las mejores verónicas. Federico y yo leímos, alternadamente, los más complicados fragmentos de *Las Soledades* de don Luis, con interrupciones entusiastas de la concurrencia. Pero el delirio rebasó el ruedo cuando el propio Lorca recitó parte de su *Romancero gitano*, inédito aún. Se agitaron pañuelos como ante la mejor faena, coronando el final de la lectura el poeta Adriano del Valle, quien en su desbordado frenesí, puesto de pie sobre su asiento, llegó a arrojarle a Federico la chaqueta, el cuello y la corbata" (Rafael Alberti, 1978: 257-258).

Junto a los que hicieron aquel viaje a Sevilla, según Dámaso Alonso, hay que incorporar el nombre de Salinas, "que no sé por qué causa no fue con nosotros; el de Cernuda, muy joven entonces (pero de quien también se leyeron poemas en aquellas veladas) y el de Aleixandre, que no había publicado su primer libro". Estos componían, a juicio del mismo autor, "el grupo nuclear, las figuras más importantes de la generación poética anterior a la guerra. (No: hay que mencionar aún el del benjamín, Manolito Altolaguirre, casi un niño, que allá, en Málaga, fundaba ese mismo año la revista *Litoral*, y el de su compañero Emilio Prados). Toda generación tiene límites difuminados... La nómina principal de la mía está en los poetas mencionados. De los cuales, la mayoría en activo por entonces, fue a aquella excursión sevillana: la generación hacía así su primero y más concreto acto público" (1978:157-158).

No se alzaron contra con nada

Los poetas de la Generación del 27, al tiempo que literariamente buscaran una "nueva manera de mirar la realidad", no se alzaron contra nada. Todo lo contrario, aun abriéndose a las innovaciones de los movimientos vanguardistas de la época, siguieron aprendiendo de la mejor tradición lírica española: Jorge Manrique, Gil Vicente, Garcilaso, San Juan de la Cruz, Lope de Vega o Quevedo, Góngora, Bécquer... Y también de los maestros más próximos: Unamuno, los Machado, Juan Ramón Jiménez, Ramón Gómez de la Serna... Es cierto que entre unos y otros, en cada caso y momento, se pueden advertir "quiebras más o menos superficiales". Pero discontinuidad no hubo nunca.

Tampoco fue una agrupación marcada por algún acontecimiento nacional extraordinario como representó para los intelectuales españoles, por ejemplo, la pérdida de las últimas colonias de ultramar, Cuba, Puerto Rico y Filipinas, en 1898, y que dio origen –y nombre– a la Generación del 98. Ni siquiera las ideas políticas de sus componentes fueron dificultad en la comunicación.

Inexistencia de caudillaje

"Algunos dicen que para que exista generación es necesario caudillaje. Si fuera así, habría que convenir que ésta no fue generación, porque caudillo no hubo..." (D.A. 1978: 167). Aunque sí se hizo notar la gran influencia que, por su fuerza arrolladora y magisterio, ejercieron, respectivamente, Federico García Lorca y, más tarde, Jorge Guillén, sobre otros poetas más jóvenes.

Diversidad de técnicas y estilos

Por último, hay que reconocer que en los poetas de la Generación del 27 no se puede distinguir una "comunidad de técnica e inspiración". La diversidad de recursos empleados y estilos a la hora de escribir es lo que define formalmente el conjunto de las obras de todos y cada uno de ellos.

II. EL CONTEXTO

Histórico

Nacemos en una tierra y en un determinado momento. Por lo primero, se justifica el apego y cariño al lugar en el que venimos al mundo. Por lo segundo, el peso de las circunstancias históricas que nos toca vivir influye también de manera decisiva, algo que se ve muy claro en el caso de los escritores.

La vida de los poetas de la Generación del 27, con una proyección particular bien distinta, arranca, según dijimos, el año 1898, en el que nacen Federico García Lorca, Dámaso Alonso y Vicente Aleixandre. Social y políticamente no eran buenos tiempos. La pérdida de Cuba, Puerto Rico y Filipinas, los últimos territorios de lo que había sido el gran imperio español, provocó una fuerte desazón en la población de este país. Y grandes diferencias. Desde el citado año y hasta 1936, en el que se produce la dispersión –y desaparición– de la mencionada Generación, tras el estallido en España de la Guerra Civil, todos los hechos políticos y sociales no conducen sino a aquella última y horrible situación. En el orden cronológico de los acontecimientos nacionales e internacionales, subrayamos:

El reinado, a partir de 1902 y hasta 1931, de Alfonso XIII, un período caracterizado por la incapacidad de los distintos gobiernos de la monarquía para reducir la cada vez mayor separación de los colectivos obreros de las regiones españolas más industrializadas y de las masas campesinas (ambas apoyadas por las organizaciones sindicales), respecto de la clase social dominante, el ejército y la Iglesia. Un punto que vino a reflejar este estado de cosas fue la Semana Trágica de Barcelona (1909), tras sucesivas manifestaciones, huelgas y atentados.

Entre 1914 y 1918 tiene lugar la I Guerra Mundial, en la que España no intervino, aunque sí padeció sus consecuencias, derivadas, sobre todo, de la grave inflación que afectó a la economía. Ello, unido a los problemas anteriormente señalados, contribuyó a empeorar todavía más la vida en nuestro país. Fuera, la Revolución Rusa (1917) va a suponer además un elemento desestabilizador en todo el continente europeo.

Terminado el conflicto bélico europeo, la monarquía de Alfonso XIII tiene que hacer frente a los marroquíes disconformes con la presencia española en aquellas tierras, una realidad amparada en varios acuerdos internacionales desde que en 1906 se firmara el Tratado de Algeciras. Esta guerra en el norte de África se hizo muy impopular en España por culpa de la pérdida de muchas vidas humanas y de dinero. El problema fue especialmente delicado después de la derrota del ejército español en la batalla de Annual (1921). En medio de una fuerte crispación social, dos años más tarde, el general Miguel Primo de Rivera da un golpe de estado (13/9/1923), cuyo mandato, con el consentimiento del Rey, se extenderá hasta 1930.

El día 14 de abril de 1931, tras la celebración de unas elecciones municipales ganan los republicanos y socialistas. Tal hecho provoca también la caída de la monarquía en España (Alfonso XIII se ve obligado a abandonar el país), y la proclamación de la II República.

El régimen republicano se propuso una transformación de España bajo el espíritu de una nueva constitución y la acometida de grandes reformas centradas en el ejército, la cuestión religiosa, las autonomías (Cataluña, País Vasco y Galicia) y las mejoras sociales. Aun así, el descontento económico, el separatismo en algunas regiones y el sentimiento antirreligioso impiden cualquier tipo de desarrollo. En 1933, las elecciones generales llevan al poder a partidos políticos conservadores. Las tensiones sociales existentes aumentan. En 1934 en Asturias y Cataluña se producen levantamientos revolucionarios de gran importancia. Y en febrero de 1936, un nuevo proceso electoral concede el triunfo a la coalición integrada por los partidos de ideas liberales y de izquierdas (el llamado Frente Popular). Justo en julio de ese mismo año el general Franco se subleva contra la República y hace estallar la Guerra Civil, que alcanza hasta 1939. En el orden que nos ocupa, entre las consecuencias inmediatas de este hecho, se destacan el asesinato de Federico García Lorca y el exilio, hacia diferentes países de Europa y América, de Rafael Alberti, Manuel Altolaguirre, Luis Cernuda, Jorge Guillén, Emilio Prados y Pedro Salinas: la Generación del 27 había terminado.

Artístico-literario

A tenor de las circunstancias históricas antes descritas, el arte en Europa, España y el mundo se aleja de criterios anteriores y se manifiesta en las formas de un fragmentarismo representado por diferentes movimientos de renovación estética reconocidos, en su conjunto, como las vanguardias. Todos ellos parten del mismo convencimiento: la ruptura con el pasado. Y en todos, igualmente, la pretensión de crear un arte nuevo. Sobre estos dos pilares, las vanguardias, cuyo período de afirmación y desarrollo se sitúa entre 1920 y 1930, se escinden en muy diversas corrientes:

Futurismo, en Italia.
Cubismo, dadaísmo y surrealismo, en Francia.
Adanismo, en Rusia.
Imaginismo, en Inglaterra y Estados Unidos.
Creacionismo y ultraísmo, en España e Hispanoamérica.

Por lo que atañe a la literatura, estos "ismos" recién nombrados destacan por el afán de experimentar o explorar en los géneros literarios (en la poesía, sobre todo), desde enfoques bien distintos a los tradicionales y con la mirada puesta en puntos de observación que, según cada movimiento, o bien tuvieron que ver con un más allá (futurismo y ultraísmo), o con un más acá (adanismo y dadaísmo, esto es, regreso al mundo de Adán y al lenguaje del niño, respectivamente), o con la transmisión a la mente de imágenes en sucesión, a través del color y del ritmo (imaginismo), o con la autonomía de la obra literaria (creacionismo) o con la disposición gráfica de los materiales utilizados (caligramas o poemas que visualmente representaban objetos: un reloj, una corbata, un pájaro, etc., propios del cubismo), o, finalmente, con las fuerzas del subconsciente humano (surrealismo).

En cualquier caso, todos los movimientos vanguardistas supusieron un intento de alejamiento de la realidad, tanto en el fondo (olvido de los grandes temas universales de la poesía: vida, amor y muerte; apertura al mundo de los adelantos tecnológicos: coche, máquina de escribir, cinematógrafo...), como en la forma (desecho de la métrica, la rima, los signos de puntación, etc.).

Prescindir, de tal manera, de la estética clásica; abogar por una conciencia de modernidad y, más importante, "disolver el yo", es decir, ignorar en torno al arte mismo al hombre, con su facultad de pensar, sentir..., para conceder a la obra de creación una vida completamente autónoma es lo que, en general, se ha venido a denominar la deshumanización del arte, asunto tratado en profundidad por el filósofo español José Ortega y Gasset.

Superado el límite temporal de 1930, de aquellas vanguardias sólo el surrealismo va a tener presencia en la obra de los escritores del 27, con muestras muy claras, por ejemplo, en Federico García Lorca, Rafael Alberti y Vicente Aleixandre.

No obstante, tras muchos años de su desaparición, aquellas vanguardias, hoy día, están siendo revisadas de nuevo y con la profundidad que, sin duda, merecen, porque fueron anunciadoras, en muchos aspectos, de la sensibilidad actual.

En España, Creacionismo y Ultraísmo

Frente a la idea de una ruptura total con el pasado, lo que fundamentalmente va a distinguir a los poetas de la Generación del 27 respecto de sus coetáneos europeos, es –reiteramos– la admiración que sienten por los grandes escritores de la tradición literaria española (Góngora, entre ellos) y por las vanguardias del momento, representadas de manera muy particular por el creacionismo y el ultraísmo, dos movimientos cuya extensión abarca desde 1918 a 1927.

Antes de las citadas fechas (1908-1918), sin embargo, tendríamos que hacer referencia a la gran influencia renovadora ejercida por el escritor Ramón Gómez de la Serna, impulsor en nuestro país de la nueva literatura que conduce a las vanguardias y audaz creador de un género poético, mezcla de humor más metáfora, que le ha hecho famoso: "las greguerías".

"Cuando una mujer chupa un pétalo de rosas, parece que se da un beso a sí misma".

"El desierto se peina con peine de viento; la playa con peine de agua".

El creacionismo llega a España desde Francia (París) de la mano del poeta chileno Vicente Huidobro, el cual publicó en Madrid el libro titulado *Poemas árticos* (1918), que contribuyó al conocimiento de las nuevas teorías. Muy pronto es asumido por Gerardo Diego y Juan Larrea, sus principales representantes aquí. El creacionismo se basa de manera fundamental en la autonomía de la obra literaria. El poema, en este caso, toma de la vida sus motivos, lo que le hace falta, pero no repara en ninguna anécdota, ni tampoco se preocupa por describir nada. Deja, sin más, que las palabras, con plena independencia, se engarcen, como explica Gerardo Diego, "en una libre melodía de armonías". "Hacer un poema como la naturaleza hace un árbol", decía Huidobro.

En el poema creacionista desaparecen los signos de puntuación y sus imágenes se muestran, muchas veces, en composiciones visuales muy plásticas y significativas, similares a las ya comentadas del cubismo. Lo observamos, mejor, en el fragmento de poema que sigue, y en el cual las palabras vida y muerte han sido dispuestas por Gerardo Diego de forma que parezca que estén resolviendo, ciertamente, una partida de ajedrez:

Alguna vez ha de ser

La muerte	*y la vida*
me	*están*
jugando	*al ajedrez.*

El otro movimiento español de vanguardia, el ultraísmo, cuyos principios fueron dados a conocer en la revista literaria *Grecia*, en 1919, pero que también encontró espacio en las revistas *Cervantes*, *Cosmópolis*, *Ultra*, *Tableros* y *Horizonte*, tuvo sus animadores más sobresalientes en los escritores Guillermo de Torre, Rafael Cansinos y el argentino Jorge Luis Borges. El movimiento pretendía recoger y unificar todas las aportaciones de la vanguardia mundial y, como fue común en esta última, restó valor al sentimiento y a la anécdota; dio gran atención a la imagen y a la metáfora, y eliminó del poema, asimismo, la rima.

Juan Ramón Jiménez y la Generación del 27

"Los poetas de mi generación no abominan de los maestros ya famosos (Unamuno, los Machado, Juan Ramón Jiménez). Más aún: la filiación que respecto a Juan Ramón Jiménez tiene, en parte, el nuevo grupo, es evidente" (Dámaso Alonso, 1978:161).

"Comenzaban por aquellos años –1924-25– los desvelos de Juan Ramón por la nueva poesía española que con tan apasionado ímpetu y fervor se iba perfilando. Había él registrado ya el fresco fuego juvenil de García Lorca, el noble acento de Pedro Salinas, la perfección lineal de Jorge Guillén, el lirismo casi chulapo del mismo Antonio Espina, la sencillez inicial de Dámaso Alonso, preparándose a recibir en su azotea los aires más recientes, que pronto ascenderían en los nombres de Altolaguirre, Prados, Cernuda, Aleixandre... Jamás un poeta español iba a ser más querido y escuchado por toda una rutilante generación de poetas, segura del fresco manantial donde abrevaba y la estrella guiadora que se le ofrecía". (Rafael Alberti, 1978:205-206).

Y es que el verso de Juan Ramón, en el giro que marcó a la poesía española en su *Diario de un poeta recién casado* (1917), y rumbo hacia otros influyentes libros posteriores del Nobel moguereño, como fueron *Eternidades, Piedra y cielo, Poesía, Belleza...*, es, como reconoce el propio Alberti en *La arboleda perdida*, "... un diamante desnudo. Sin rima, ni asonancia, ni el juego halagador, a veces rítmico, del verso libre. Sólo la entraña del poema, desprovista de todo ropaje". No sólo el poeta gaditano tenía esta opinión: "A Juan Ramón le debemos haber iniciado casi todas las innovaciones que han de llevar a su culminación los grandes poetas de la generación del 27" (Aurora de Albornoz en V. Medel, 1972:292). Y sobre el mismo convencimiento: "Sin Juan Ramón es natural que hubiese habido poetas, pero estos y su poesía no tendrían el carácter que hoy tienen." (José Hierro en F. Garfias, 1996:171-172).

Pero la influencia ejercida por Juan Ramón Jiménez no sólo se ciñe a la Obra –con mayúscula– del poeta, o a su magisterio ("La gran poesía ¿no es, no será la que funde lo popular con lo aristocrático en una suma de naturaleza y conciencia?... No hay que tender a lo actual, sino a lo eterno"). También a las revistas que él fundó o dirigió: *Helios, Índice, Unidad, Sí, Ley, Sucesión, Presente...* en las que, entre otros, tienen cabida los nombres de los poetas de la Generación del 27.

La influencia de Ortega y Gasset

En Ortega y Gasset (Madrid, 1883-1955), encontramos otra de las figuras influyentes la literatura de la época. Su libro *La deshumanización del arte*, en el que analizaba el papel de la obra de arte en sí misma y como creación independiente desprovista de toda relación con el hombre, tuvo mucho que ver con los poetas de la Generación del 27, al menos en la primera parte de la producción de estos últimos.

Pero Ortega y Gasset, además de filósofo, fue también periodista ("Tal vez no sea otra cosa", decía), por lo que sus iniciativas en el mundo de la prensa contribuyeron igualmente al conocimiento y difusión de los intelectuales de aquellos años. Ortega fue fundador del diario *El Sol*, en el que dejó buena parte de sus reflexiones y al que se sumaron grandes escritores. Y de la *Revista de Occidente*, en la que no dejó fuera de su ámbito ningún sector de la cultura contemporánea, con secciones y colecciones abiertas tanto a las ciencias como a las letras. En sus páginas publicaron, entre otros, Unamuno, Valle-Inclán, Azaña, Vicente Aleixandre, García Lorca, Jorge Guillén, Pedro Salinas, Ramón Gómez de la Serna, Benjamín Jarnés, Francisco Ayala y Rosa Chacel. En el panorama europeo, *Revista de Occidente* se destacó por haber sido la difusora en España de *Las Metamorfosis*, de Kafka, y el *Ulises*, de Joyce, dos de las obras más representativas del siglo.

III. EVOLUCIÓN DE LA GENERACIÓN DEL 27

Dos grandes períodos cabe apreciar en la evolución de la Generación del 27: uno primero, comprendido entre 1920 y 1927, caracterizado por la mayor integración de sus miembros y proximidad de ideas sobre el concepto de poesía. Y el segundo, desde 1927 hasta 1936, cuando las circunstancias sociopolíticas de la vida española produce los consabidos hechos de los que, en páginas atrás, dimos referencia, los cuales llegaron a afectar a la obra de creación de los autores de la citada Generación.

Por su parte, Luis Cernuda distingue cinco fases en este mismo tiempo:

PREDILECCIÓN POR LA METÁFORA

La posibilidad de usar palabras con un sentido distinto del propio, si bien guardando con éste cierta relación, es una práctica común a la literatura universal, siempre con la única pretensión de producir efectos más bellos. Tal figura –la metáfora– fue muy cultivada por los escritores de 27, al comienzo de sus obras y a partir de la influencia, como vimos, de Ramón Gómez de la Serna. El uso de la metáfora, en todos ellos, es menor y distinto desde 1930.

ACTITUD CLASICISTA

Entendida como búsqueda de la perfección técnica en el verso. "Un deseo de formas y de límites nos gana", llegó a reconocer García Lorca. Tal actitud es influencia francesa, tiene su origen en la obra de Mallarmé (1842-

1898), y encuentra continuación, sobre todo, en la obra de Paul Valèry (1871-1945), defensor del concepto de "poesía pura", la cual restaba importancia a la inspiración y se centraba esencialmente en la belleza y musicalidad surgidas solamente por la combinación de las palabras. Esta preocupación estética estuvo más presente en Pedro Salinas, Gerardo Diego y, de manera muy especial, en Jorge Guillén.

INFLUENCIA GONGORINA

Tan gustosos los escritores del 27 del uso de la metáfora y de la renovación del lenguaje poético, es normal que encontrarán en la audacia e inventiva de Góngora (1561-1627) un claro modelo. Porque es la obra del genial poeta cordobés ciertamente difícil, pero a la vez "perfecta, exacta,... de ningún modo incoherente" (1981:311). Sus textos, en consecuencia, fueron leídos, estudiados, casi aprendidos de memoria...

Pero Góngora influyó también en "la reaparición de la métrica (octosílabos, endecasílabos, etc.) y de las estrofas (soneto en su forma ortodoxa, letrillas, romances, octavas reales, etc.) tradicionales, metros y estrofas que el modernismo puso en fuga." (L.C. 1975:144-145).

CONTACTO CON EL SUPERREALISMO

Superrealismo y surrealismo son sinónimos. Ambos términos definen el movimiento literario y artístico impulsado en 1924 por el francés André Bretón y que orientaba hacia la renovación de todos los valores culturales, morales y científicos de la sociedad. En España, su influencia en la poesía (que para el surrealismo era un eficaz instrumento en favor de la libertad humana), se produce entre 1927 y 1930, e impregna las obras de Federico García Lorca, Rafael Alberti, Vicente Aleixandre, Luis Cernuda, Emilio Prados y Manuel Altolaguirre. En menor grado, a Gerardo Diego. Y no llegó a afectar, sin embargo, a Pedro Salinas ni a Jorge Guillén.

Con el surrealismo, la poesía emprende un camino más humanizante, comprometido por igual con la realidad interior (subconsciente, sueños...) y exterior del hombre. Formalmente, ofrece esta nueva visión a través de la llamada "escritura automática", en la que las palabras, ritmos e imágenes componen un lenguaje cuyo objetivo es alcanzar la plenitud de la emoción.

IV. ESPACIOS DE ENCUENTRO

Otros elementos a tener presentes en el estudio de las relaciones que se establecen entre los componentes de la Generación del 27 son los espacios físicos que llegaron a compartir, por más que fueran de naturaleza distinta.

En primer término, destacamos La Residencia de Estudiantes, en Madrid, fundada en 1910 por Alberto Jiménez Fraud e inspirada en los principios de la Institución Libre de Enseñanza, creada al margen de la enseñanza estatal, entre 1876 y 1939, con ideas demócratas y progresistas. "La Resi" (así la llamaban cariñosamente sus inquilinos), o "La Colina de los Chopos", nombre que le dio Juan Ramón Jiménez, contaba con bibliotecas, laboratorios, clases, jardines, etc. y estuvo muy ligada a las actividades de escritores y científicos como fueron Miguel de Unamuno, Onís, Juan Ramón Jiménez, Menéndez Pidal, Ortega y Gasset y Severo Ochoa. En su mismo ambiente pudieron conocerse, además, Federico García Lorca, Rafael Alberti, Salvador Dalí, Luis Buñuel, José Moreno Villa y Emilio Prados. El prestigio de La Residencia de Estudiantes justifica también que en la nómina de sus invitados figuren Einstein, Freud, P. Valèry y Madame Curie.

Un nuevo espacio de encuentro para los escritores de la Generación del 27 fue el ofrecido por las revistas literarias. En su conjunto, compusieron un mapa muy amplio, siendo las más representativas aquéllas que se publicaron antes de la Guerra Civil, y a las que prestaremos toda nuestra atención. Después de 1936, el exilio sufrido por la mayoría de los miembros de la Generación marcó rumbos distintos a las revistas literarias que acogieron textos de los poetas del 27. Unas, editadas en España (revistas del "interior"); otras, en los diferentes países a los que alcanzó la obligada emigración, sobre todo de Hispanoamérica (revistas del "exilio").

Tampoco en las revistas del "27" se puede dejar de hablar del magisterio ejercido por Juan Ramón, cuyos conocimientos en la materia y nivel de exigencia respecto de la calidad tipográfica de estas publicaciones elevaron muchísimo su valor.

Entre los años 1921 y 1936 aparecen, como hemos dicho, las principales "cabeceras": *Revista de Occidente* (de Ortega y Gasset, ya citada) y *La Gaceta Literaria* (1927-1931), fundada por Jiménez Caballero, con la participación de Guillermo de Torre. Contó con un extraordinario equipo en España, América y Europa, en el que figuraban los intelectuales más sobresalientes de cada parte; *Verso y Prosa* (Murcia, 1923-1928), impulsada por Juan Guerrero y Jorge Guillén; *Litoral* (Málaga, 1926-1929), dirigida por Emilio Prados, Hinojosa y Manuel Altolaguirre. En esta revista publicaron todos los componentes de la Generación del 27 y al amparo de la misma, aparte de la aparición en sus páginas de los primeros poemas del *Romancero gitano*, de Federico García Lorca, también se creó una colección de libros de poesía en la que se editaron, entre otros, *Canciones*, del propio Lorca; *La amante*, de Rafael Alberti; *Cántico*, de Jorge Guillén; *Perfil del aire*, de Luis Cernuda; *Vuelta*, de Emilio Prados; *Ámbito*, de Vicente Aleixandre y *Fábula de Equis y Zeda*, de Gerardo Diego.

Litoral dedicó igualmente, en octubre de 1927, un triple número (5, 6 y 7) a Góngora en el que de nuevo encontramos textos de los poetas de la Generación, además de ilustraciones de Benjamín Palencia, Dalí, Gregorio

Prieto, Juan Gris, y reproducciones de Picasso y Manuel Ángeles Ortiz.

Continuando con la relación de las revistas literarias de la época, están, asimismo, la sevillana Mediodía (1926-1929), dirigida por Eduardo Llosent y Marañón; Papel de Aleluyas (Huelva, 1927-1928), codirigida por Rogelio Buendía, Adriano del Valle y Fernando Villalón; Carmen y Lola (Gijón, 1927-1928), iniciativas las dos del santanderino Gerardo Diego; Gallo (1928), creada en Granada por Federico García Lorca; en Canarias, La Rosa de los vientos (1927), de la mano de Carlos Pestana, la cual también se adhirió al homenaje a Góngora; Manantial (Segovia, 1928), dirigida por José María Otero y Marceliano Álvarez Cerón; Meseta y DDOOSS, codirigidas por un grupo de escritores entre los que citamos a José María Luelmo y Francisco Pino (Valladolid, 1928-1929, y 1931; respectivamente); Cruz y Raya (1933), de José Bergamín, y, por último, Caballo verde para la poesía (1935), en Madrid, y bajo la dirección de Pablo Neruda.

Finalmente, un tercer espacio común para los componentes de la Generación del 27 es el que vinieron a definir las Antologías, muy especialmente la titulada Poesía Española. Antología 1915-1931, publicada el año 1932, primera entre las dos realizadas por Gerardo Diego. En ella figuran Unamuno, Manuel y Antonio Machado, Juan Ramón Jiménez, Moreno Villa, Pedro Salinas, Jorge Guillén, Dámaso Alonso, Gerardo Diego, Federico García

Lorca, Rafael Alberti, Fernando Villalón, Emilio Prados, Luis Cernuda, Manuel Altolaguirre, Vicente Aleixandre y Juan Larrea. Aunque, como se observa, y según el tiempo que abarca, aquella Antología fue muy plural, es notorio que en la misma, junto a los grandes maestros de la época anterior, quedaron ya reunidos para siempre aquellos que "Imagen de la vida..., casi el núcleo central de una generación, atravesaba el río (Guadalquivir). La embarcación era el símbolo: representaba los vínculos y contactos personales que ligan a los miembros de un grupo en conjunta florescencia: la amistad, el compañerismo, los compartidos sentimientos, los mutuos influjos... La cuerda guiadora era el designio de Dios... ¡Quién nos había de decir, Federico, mi príncipe muerto, que para ti la cuerda se había de romper, brutalmente, de pronto, antes que para los demás, y que la marea turbia te había de arrastrar, víctima inocente...!" Esto vino a completar el pensamiento inicial de Dámaso Alonso, que transcribimos. ¿Y quién hubiera dicho a nosotros también hasta dónde la obra de aquel nutrido grupo de creadores, de no haberse producido el fatal acontecimiento de la Guerra Civil en España? Pero todos y cada uno de ellos son ya parte importante de nuestra Historia.

Los autores de la Generación del 27

ALBERTI, RAFAEL (CÁDIZ, 1902-1999)

"Hay cosas que le abren a uno, de repente, una ventana a la vida", llegó a decir Dámaso Alonso sobre Rafael Alberti. Y no hubieron de faltarle argumentos, seguramente. Porque, en lo más bello que unió a los componentes de aquella generación como fue la amistad, la gracia de Rafael –y de Federico–, era algo distinto. Como igualmente distinta vino a ser la poesía que todos y cada uno de los miembros de aquel grupo nos legaron.

La de Alberti se caracteriza por su gran diversidad de temas, tonos y estilos, aunque siempre relacionada con nuestra tradición lírica:

"... Los poetas que me han ayudado y a los que sigo guardando una profunda admiración han sido Gil Vicente, los anónimos del Cancionero y Romancero españoles, Garcilaso, Góngora, Lope, Bécquer, Baudelaire, Juan Ramón y Antonio Machado."

Los movimientos de vanguardia también influyeron en la poesía de Alberti, si bien es cierto que al poeta, como él mismo expresaba, lejos del "horror por las clasificaciones", lo que más le impulsaba era "su amor, por el contrario, a la variedad, a la aventura permanente por selvas y mares inexplorados". El propio Alberti reconoce en el libro de sus memorias titulado *La arboleda perdida* que "los ismos se infiltraban por todas partes, se sucedían en oleadas súbitas, como temblores sísmicos, siendo más que difícil el resultar del todo ileso en su incesante flujo y reflujo".

Tres libros marcan y definen la primera parte de su producción poética: *Marinero en tierra* (1924), *La Amante* (1925) y *El Alba del Alhelí* (1926-1927), los tres escritos en forma de canciones, según las pautas de la lírica popular, y con personajes del pueblo y de oficios muy sencillos: hortelana, jardinero, leñadores, carreteros, pastores, farolero, etc.

> *Si yo nací campesino,*
> *Si yo nací marinero,*
> *¿porqué me tenéis aquí,*
> *si este aquí no lo quiero?*

El fragmento anterior pertenece precisamente a un poema de *Marinero en tierra*, su libro más famoso y con el que obtuvo en 1924 el Premio Nacional de Literatura, otorgado por un jurado compuesto por Antonio Machado, Menéndez Pidal y Gabriel Miró.

Marinero en tierra nos sorprende por su alegría, en palabra fácil de entender, pero honda, entre los sentimientos del poeta y los ambientes que toca:

—Gimiendo por ver el mar
un marinerito en tierra
iza al aire este lamento:
—¡Ay mi blusa marinera!
siempre me la inflaba el viento
al divisar la escollera.

El mar, según vemos, cobra en este libro una importancia vital, más que nada por su ausencia, cuando Rafael Alberti, por motivos de salud, necesitó marcharse lejos de él, a la Sierra de Guadarrama (Madrid), para no sufrir los rigores del verano, que tanto daño hacían a su pulmón enfermo. La obra se tituló, en principio, *Mar y tierra*, y estaba dividida en dos partes: "la primera agrupaba los poemas debidos directamente a la serranía guadarrameña, junto a otros de diversa temática, y la segunda, que se titulaba *Marinero en tierra*, los que iban sacándome de mis nostalgias del mar de Cádiz, de sus esteros, sus barcos y salinas" (Rafael Alberti, 1978:163).

La Amante, sin que en él se haga referencia directa a ninguna mujer (¿Quién era la que con ese nombre iba yo a pasear por tierras de Castilla hasta el Cantábrico, el otro mar, el del norte, que aún no conocía?), fue escrito por el poeta gaditano en un viaje que hizo a la región que se cita, junto a su hermano, que representaba licores y vinos. Es un libro de temática amorosa, hecho en versos cortos, todo ello influencia de la poesía tradicional. Estos mismos rasgos se observan también en *El Alba del Alhelí*, un poemario éste en el cual se siguen presentando figuras humanas de las clases sociales más marginales. Al mismo tiempo se advierte, además, que la canción se expresa en un lenguaje que recuerda al del teatro, con la posibilidad de poder ser representada, como ocurre en la poesía de Lorca. El poema que sigue, titulado "La maldecida", puede servir de ejemplo:

> De negro, siempre enlutada
> muerta entre cuatro paredes
> y con un velo en la cara.
> –¡No pases por su puerta,
> no pongas el pie en su casa!
> Naranjos y limoneros,
> al alcance, tras las tapias,
> sombras frías, de su huerto.

1927 es el año –recordamos– del homenaje a Góngora. Aquella dedicación al lenguaje barroco del poeta cordobés tuvo todavía reflejos en *Cal y Canto* (1926-1927) en el que, si bien aparecen poemas como "Soledad tercera" ("Conchas y verdes líquenes salados / los dormidos cabellos todavía..."), de impregnado lenguaje culterano, ya se destacan otros de estilo surrealista, como el titulado "Telegrama" (recogido en esta antología), tono que mantendrían más tarde los correspondientes al libro *Yo era un tonto y lo que he visto me ha hecho dos tontos* (1929), en torno a famosas figuras del cine (Charlot, Harold Lloyd, Buster Keaton), todo así ya preparado para que Alberti nos diera a conocer *Sobre los ángeles*, escrito entre 1927 y 1928, una de sus obras más sobresalientes y, posiblemente, de toda su generación.

Sobre los ángeles es un libro tan bello como de extremada dureza. Su tema principal es la situación de desamparo a la que ha llegado el poeta en esta vida, un "ángel desconocido que ha perdido su Paraíso", y que tiene que luchar para poder salir de su desesperado estado:

> *¡Nostalgia de los arcángeles!*
> *Yo era…*
> *Miradme,*
> *vestido como en el mundo,*
> *ya no se me ven las alas.*
> *Nadie sabe cómo fui,*
> *no me conocen.*
> *Por las calles, ¿quién se acuerda?*

Los ángeles aquí son criaturas que "intervienen de una manera decidida en la actividad del poeta y en la creación de los poemas en los que ellos mismos aparecen, casi siempre como enemigos: ángeles crueles, vengativos, rabiosos, mentirosos, falsos, mudos, tontos o feos, iracundos, mohosos o avaros, pero de vez en cuando como amigos inmerecidos: el ángel bueno y el ángel ángel" (Luis Felipe Vivanco, 1974:238).

Sobre los ángeles, es un libro escrito casi todo él en estrofas propias de la lírica tradicional: soleares, coplas, etc. Más adelante, Alberti incorpora, igualmente, dentro del verso libre, aquél de mayor o menor extensión llamado versículo.

En la misma actitud reflexiva habríamos de inscribir posteriormente *Sermones y moradas* (1929-1930), que apunta hacia las soluciones político-sociales del anarquismo y del comunismo (Alberti fue militante del partido comunista, a partir de estos años y hasta su muerte). *Con los zapatos puestos tengo que morir* (1930); *Consignas* (1933); *Un fantasma recorre Europa* (1933); *13 bandas y 48 estrellas* (1936); *Nuestra palabra diaria* (1936) y *De un momento a otro* (1937) son libros de este período, completamente entregado el poeta a sus ideas marxistas. En 1938 aparece *El poeta en la calle*, recopilación de su "poesía civil" dada a conocer en los títulos anteriores. *Verte y no verte* (1935) es, en cambio, de tono elegíaco, sobre la muerte del torero Ignacio Sánchez Mejías. Tras la guerra civil española comienza para Alberti un largo exilio A este tiempo marcado por la dureza del destierro y por la evocación del pasado pertenece, entre otras obras de las que damos también referencias, *Entre el clavel y la espada* (1939-1940).

Pleamar (1944) representa ya una palabra fresca, expresada en verso blanco (es el verso medido, pero no sujeto a rima), y *A la pintura* (1948), el libro en el que vino a recoger su amor por este arte, personificado en sus elementos materiales (pincel, colores, paleta, lienzo...), pero también en cada uno de los grandes maestros del pasado y del presente (Rafael, Tiziano, Tintoretto, El Greco, Velázquez, Murillo, Tiépolo, Goya, Manet, Renoir, Picasso, etc). Unos años más tarde, en Montevideo, publica las *Coplas de Juan Panadero* (1949). A esta misma relación se suman *Retorno a lo vivo lejano* (1948-1952); *Oda marítima* (1953) y *Baladas del Paraná* (1954).

Tras su exilio americano, Alberti regresa a Europa y se instala en Roma, tiempo en el que publica *Roma, peligro para caminantes* (1972).

La recuperación democrática en España propicia su regreso a este país. En esta última etapa de su vida aparecen, entre otros, *Fustigada luz* (1980); *Versos sueltos de cada día* (1982); la segunda parte de sus memorias, *La arboleda perdida* (1987) y *Canciones para Altair* (1989).

Lejos de extendernos en el comentario y porque el objetivo primero de este estudio es la poesía, creemos necesario, no obstante, dejar también constancia de la obra dramática del poeta gaditano, integrada básicamente por *El hombre deshabitado* (1939); *Fermín Galán* (1931); *De un momento a otro* (1938-39); *El trébol florido* (1940); *El adefesio* (1944); *La Gallarda* (1945) y *Noche de guerra en el Museo del Prado* (1956).

Ahora, en estas páginas –insistimos–, y en la voz de aquel discípulo y buen amigo suyo que es Luis García Montero (2003:11), "el ángel de Alberti nos invita a la poesía. Detrás de las palabras, hay un cruce de caminos. Escoger el nuestro es la única forma de llegar a los demás".

ALEIXANDRE, VICENTE (SEVILLA, 1898 - MADRID, 1984)

La casa en la que vivió en Madrid (C/ Velingtonia, número 3), no sólo dio acogida a la familia del poeta; también a sus amistades, en cuya relación figuran, entre otros, Neruda, Alberti y Miguel Hernández. Este último, como recuerda Leopoldo de Luis (1976:12) "guardó siempre por Aleixandre afecto de hermano menor", hasta el punto de dedicarle *Vientos del pueblo*, uno de sus libros más conocidos. Tal dedicatoria dice: "Vicente, a nosotros, que hemos nacido poetas entre todos los hombres, nos ha hecho poetas la vida junto a todos los hombres". No apartemos mucho de nuestra lectura, si cabe, dicho texto. Conviene retener sobre todo los sustantivos "vida" y "hombre", tan relevantes en la obra de creación de ambos.

"...Que hemos nacido poetas", ciertamente fue así. Pero, ¿qué es, en el fondo, un poeta? ¿Y si, en efecto, se nace poeta, cómo se hace el poeta, después? Luis Felipe Vivanco, otro sobresaliente creador y crítico, nos alumbra al respecto con estas reflexiones:

"En la poesía, la materia es el lenguaje mismo... Piedra, bronce, sustancias colorantes... Le es dado al poeta su materia, el lenguaje como al escultor el mármol o el bronce. En él ha de ver, por de pronto, lo que aún no ha recibido forma, lo que va ser después su labor... Pero mientras el artista de otras artes comienza venciendo resistencias de la materia bruta, el poeta lucha con una nueva clase de resistencias: las que ofrecen aquellos productos espirituales, las palabras, que constituyen su materia... Además, en muchos casos se trata de palabras degeneradas o disminuidas por el uso... a las cuales ha de dar el poeta nueva significación" (1974:303-304).

"Poeta" y "palabra". Luego ya tenemos identificados los dos elementos imprescindibles de la poesía. Y Vicente Aleixandre, que nació poeta, esto es, que tenía capacidad para asimilar la realidad que le rodeaba y "a través del alma, como filtro impregnante de gozo o de dolor, devolverla con forma, color, volumen, mundo ya exterior a él, creado", (D. Alonso, 1978:210), y que se hizo poeta por la continuada lectura y el estudio, nos pudo entregar, felizmente, una amplísima obra, cuyo conjunto mereció el Premio Nobel de Literatura, distinción que le fuera concedida en el año 1977.

Una aproximación sintetizada de esta última, obliga, sin embargo, a distinguir en ella cuatro etapas, si bien estrechamente relacionadas. En la primera se incluye *Ámbito* (1924-1927), libro todavía en la estética de la poesía pura de Juan Ramón Jiménez. Le siguen los títulos *Espadas como labios* (1930-1931); *La destrucción o el amor* (1932-1933; Premio Nacional de Literatura); *Pasión de la tierra* (1928-29) y *Mundo a solas* (1934-1936). De casi todos ellos ofrecemos muestra en la presente antología. Vienen a representar un período en la obra de Aleixandre caracterizado por la influencia del surrealismo y por una visión muy pesimista del hombre ante el Universo. Escribe, a propósito, el poeta:

> *Escucha, escucha, soy la luz perdida*
> *que lapidan las aguas en el fondo.*
> (De *Espadas como labios*)

Por la lectura del fragmento elegido es posible adivinar cuánto sufrimiento cabe en aquella soledad de la que se habla, presente no únicamente en este poema, sino en todo el libro. Se destaca, así, *Espadas como labios* por su "terrible sinceridad" y por su tema central, la vida, que junto al de la muerte, la naturaleza y Dios, completan, como sabemos, el cuadro principal de las preocupaciones de la lírica, en particular, y del arte, en general, de todos los tiempos.

Los poemas de *Espadas como labios* nos sirven, además, para que reparemos en el uso, por parte de Aleixandre, del verso libre, de mayor o menor extensión, junto al endecasílabo (ejemplo de versos inmediatamente anteriores), que es tomado como base en algunos poemas.

Pero con ser el libro anterior uno de los más importantes del poeta sevillano, acaso en esta segunda parte de su obra merezca que nos fijemos en el titulado *La destrucción o el amor*, por el cual descubrimos en Aleixandre a un poeta romántico, en su intimismo, a solas frente a la Naturaleza, y manifestando su amor hacia todo lo creado. Amor, además, como fuerza liberadora, aunque sin perder nunca el referente de la muerte, siempre acechando:

> *Dime, dime el secreto de tu corazón virgen,*
> *dime el secreto de tu cuerpo bajo la tierra.*

Vicente Aleixandre hace gala, igualmente, en este poemario, de una desbordante imaginación. Lo viene a demostrar en los diversos espacios físicos que toca: la selva, el fondo del mar, lo interplanetario... Es evidente que el poeta no estuvo nunca en ninguno de ellos. Sí, en cambio, al revés, y todo gracias al ensueño, a la evasión, a su fantasía portentosa, de tal manera, que aquellos otros mundos se acerquen al propio.

Con *Mundo a solas*, en el que todo es desolación y desamor, Aleixandre abandona el surrealismo. Nos situamos ya en la postguerra española; su poesía comienza a discurrir por cauces muy distintos. De esta época es *Sombra del Paraíso* (1944), una visión del mundo en su origen, con todas las criaturas recién creadas: las flores, los valles, los pájaros, la música de los ríos, los rayos celestes... Todo tan hermoso, puro y virginal, cuya contemplación hace gritar al poeta: ¡Humano, no nazcas!

El paraíso es también en este libro el espacio de su infancia; el poeta mira en sus poemas los años de su niñez transcurridos entre Sevilla y Málaga:

> *Siempre te ven mis ojos, ciudad de mis días marinos…*
> *pero tú duras, nunca desciendes, y el mar suspira*
> *o brama por ti, ciudad de mis días alegres.*

En *Sombra del Paraíso* el amor se constituye asimismo en argumento y motivo esencial, centro también de la poesía de Aleixandre.

A la tercera etapa de la obra del poeta sevillano, ya metido éste en sus años de madurez, corresponden los libros *Nacimiento último* (1953); *Historia del corazón* (1954); *Los encuentros* (1958); *En un vasto dominio* (1962) y *Retratos con nombre* (1965). Se observa al hombre desde una nueva ética y estética, por las cuales es aceptado en toda su dimensión. Es una nueva palabra caracterizada y definida por un sentimiento de solidaridad o deseo del poeta de salir de sí mismo y partir hacia el encuentro con los demás. Aleixandre se dirige ahora a aquél "hombre sin edificación que sin quererlas mirar / estás leyendo estas letras. / Para ti y todo lo que en ti vive, / yo estoy escribiendo".

Su cuarta y última etapa es la integrada por *Poemas de la Consumación* (1968) y *Diálogos del conocimiento* (1974). Son los libros de la vejez del autor, en su conciencia de hombre y de poeta que reflexiona ante el apagamiento de sus días. Por esto, bajo la cita "vivir, dormir, morir, soñar acaso", de Hamlet (Shakespeare), nos deja escrito:

Vivir no es suspirar o presentir palabras que aún nos vivan.
¿Vivir en ellas? Las palabras mueren.
Bellas son al sonar, mas nunca duran.
.../...
Duerme.
La noche es larga, pero ya ha pasado.

ALONSO, DÁMASO (MADRID, 1898-1990)

Pudo haber sido ingeniero de caminos, pero, curiosamente, una gripe y sus consecuencias, le apartaron de aquella vía. En adelante, junto a su reconocida condición de catedrático de universidad, investigador y crítico literario, será también poeta, su más clara y profunda vocación. Dice a propósito de ello en su libro *Oscura noticia* (1940-1943):

Luego dormí en lo oscuro durante muchas horas,
y sólo unos instantes me desperté
para cantar el viento, para cantar el verso,
los dos seres mas puros
del mundo de la materia y del espíritu.

La obra poética de Dámaso Alonso tuvo su inicio en el libro titulado *Poemas puros. Poemillas de la ciudad* (1921), de corte juvenil, en el que la crítica ha querido ver las influencias propias de la época: Antonio Machado, Juan Ramón Jiménez y los movimientos de vanguardia. Aparte de esto, anticipa, sin embargo, la línea de compromiso con la realidad humana que van a convertirle en poeta particularísimo de honda preocupación religiosa. "Sueño de dos ciervas", poema de *Oscura noticia*, advierte sobre esta tendencia de Dámaso interesada por los problemas del hombre y por la búsqueda de Dios, el cual es invocado e incluso, a veces, negado, en esa necesidad de descubrirle, de encontrarle, en el convencimiento de que sólo el amor a Él y a la vida dan sentido a nuestra condición de débiles criaturas, de seres limitados y empujados hacia la muerte. Las dos ciervas del poema, que vienen a representar, así, la luz y la sombra, huyen velocísimas hacia aquella fuente que es centro de todo, que es la eternidad.

En la obra de Dámaso Alonso hay que tener en cuenta igualmente los largos silencios de un libro a otro. De estos poemarios, el que supone una mayor aportación a la poesía española contemporánea, y de todos los tiempos es, sin duda, *Hijos de la ira* (1944), referente imprescindible para el estudio de la llamada "poesía desarraigada", caracterizada por el grito que surge de una angustia existencial provocada por un mundo caótico y artificial. Si en la forma, desde la estética establecida en el primer tercio de siglo, el lenguaje poético estaba solicitando un cambio, en el fondo, y ante la artificiosidad ya denunciada, también. Y esta doble renovación nos la vino a traer, justamente, *Hijos de la ira*. Nos refiere a propósito de ello el autor:

"He dicho varias veces que *Hijos de la ira* es un libro de protesta cuando en España nadie protestaba (...). Protesta ¿contra qué? Contra todo. Es inútil quererlo considerar como una protesta especial contra determinados hechos contemporáneos".

Poesía, por lo tanto, de queja contra las miserias y podredumbre que nos rodean. Pero al mismo tiempo, poesía de alto valor espiritual. "Después de la de Unamuno, es ésta la poesía española contemporánea que contiene más interrogantes metafísicos o existenciales, precisamente por su exclusiva dimensión religiosa" (Luis Felipe Vivanco, 1974:99).

En *Hijos de la ira* conviene que pongamos nuestra atención, por otra parte, en su lenguaje. Son poemas casi siempre construidos a partir de un hecho que sirve de soporte y que el poeta "ni siquiera lo comenta e interpreta, sino que lo abandona completamente, dejando apenas una ligera huella en los versos iniciales" (Flys en D.A. 1986:31). Un ejemplo claro puede ser el poema titulado "Insomnio", incluido en esta antología:

Madrid es una ciudad de más de un millón de cadáveres
(según las últimas estadísticas).

En cuanto al léxico de Hijos de la ira, lo más llamativo es el atrevimiento de Dámaso Alonso al asociar palabras hasta entonces consideradas del lenguaje vulgar con otras del lenguaje culto. Para Dámaso Alonso, cualquier realidad es capaz de verterse en poesía. O como afirma el mismo autor "no hay un léxico especial poético: todas las voces pueden ser poéticas o no serlo, según se manejen y con qué oportunidad" (D.A. 1978:78).

Formalmente *Hijos de la ira* está escrito en versículos, forma del verso libre. Esta técnica de composición es observable en otros poetas de la Generación del 27: Aleixandre, Cernuda, etc. Pero lo que, de algún modo, distingue la utilización que Dámaso Alonso hace del mismo tipo de verso es, acaso, la alternancia de unos muy largos con otros cortísimos. Esto no deja de ser más que un recurso del poeta con el que pretende lograr mayor intensidad rítmica a cuanto quiere decir. Y aquí conviene, acaso, distinguir: en la poesía tradicional el ritmo es posible gracias a la medida de los versos y a la disposición de los acentos, sobre todo. De esta suerte obtenemos una lectura armónica, colmada de belleza. Pero en el verso libre tales recursos han sido anulados. ¿Entonces, cómo dotar de ritmo al poema? Es evidente que hay que poner en práctica otras fórmulas sustitutivas, capaces de conseguir los mismos efectos, ya sea mediante la repetición en el verso de uno o varios sonidos que guardan entre sí suficiente proximidad (aliteración), o reiteración de una palabra o grupo de palabras al comienzo de dos o más versos (anáfora), etc. Lo vemos, mejor, tal vez, en los versos iniciales de "La madre", en *Hijos de la ira*:

> *No me digas*
> *que estás llena de arrugas, que estás llena de sueño,*
> *que se te han caído los dientes.*
> *que ya no puedes con tus pobres remos hinchados,*
> *deformados por el veneno del reuma.*

En *Hijos de la ira*, cabe comprobar, por último, la tendencia de muchos poetas contemporáneos (caso de Dámaso Alonso, aquí), a reproducir dentro de sus versículos ritmos propios de la poesía sujeta a métrica, aunque aparentemente esto no se perciba:

> *Tú oirás la oculta música / la música que rige el universo:*
> 7 (heptasílabo) + 11 (endecasílabo).

En la obra de Dámaso Alonso, siguieron a *Hijos de la ira* los libros *Hombre y Dios* (1955); *Gozos de la vista* (1981) y *Duda y amor sobre el Ser Supremo* (1985), los dos de temática religiosa.

ALTOLAGUIRRE, MANUEL (MÁLAGA, 1905 - BURGOS, 1959)

A su condición de poeta habríamos de sumarle las de impresor –fue el gran editor de la poesía del siglo XX–, dramaturgo y cineasta, lo que le convierte seguramente en el autor más polifacético de la Generación del 27.

Como poeta se destaca por la línea espiritual de sus creaciones, en las que se dejan ver las influencias de San Juan de la Cruz, Garcilaso de la Vega, Juan Ramón Jiménez y Pedro Salinas.

No fue, por otra parte, Altolaguirre un escritor de obra copiosa, aunque sí intensa, siempre alejada de las modas de su tiempo. El conjunto de la misma se suele dividir para su estudio en tres etapas: una primera compuesta por *Las islas invitadas* (1926); *Ejemplo* (1927); *Alba quietaretratos y otros* (1928); *Poesía* (1930-1931); *Soledades juntas* (1931) y *La lenta libertad* (1936), libro éste con el que, en 1938, obtuvo el Premio Nacional de Literatura.

Un segundo período, marcado por la Guerra Civil española vendría definido por *Nube temporal* (1939), publicado en Cuba.

El tercer bloque referido está conformado por las obras del exilio, entre las que sitúan *Fin de un amor* (1949) y *Poemas de América* (1955).

De tan ceñido conjunto, *Las islas invitadas* ha sido, tal vez, el que tuvo mayor reconocimiento y el que, en adelante, vino a servirle también como título de sucesivas recopilaciones de su poesía. Es un libro en el cual son observables, inicialmente, las características propias de la poesía del momento, muy presentes, por lo general, en los demás autores de su generación: el "neogongorismo" o mirada a la sintaxis barroca de la poesía de Góngora, y el cultivo de la poesía popular, muy particularmente del romance.

A *Las islas invitadas* pertenece el poema titulado "Playa", muy del gusto de su autor e incluido en esta antología:

> *Las barcas de dos en dos*
> *como sandalias al viento*
> *puestas a secar al sol.*

Ejemplo es ya un libro de orientación muy distinta a la del anterior. Como cuenta James Valender (2005:7): "el luminoso mundo exterior (el sol, el mar, la playa, el viento...) no ha desaparecido pero ahora, en lugar de ser el protagonista de los poemas, sirve como trasfondo de un íntimo drama humano en el que el poeta lucha por reconciliarse con su soledad y con los fantasmas que la habitan". La causa de este profundo cambio, como en la de otros tantos poetas, tuvo justificado fundamento en la muerte de un ser querido, en este caso en la de su madre:

"... No me perdonaba el haber pasado una tarde, una mañana, unas horas de la noche, sin pensar en ella. Como si mi vida fuera un camino para encontrarla".

La muerte, una vez más, se ha constituido en motivo principal de una obra literaria.

Soledades juntas se corresponde con un poeta hecho, ya maduro, en el que se hace posible toda reflexión:

> *El alma es igual que el aire,*
> *con la luz se hace invisible*
> *perdiendo su honda negrura.*

Nube temporal, en la misma honda reflexiva, es "libro triste como el invierno" según el autor. La guerra civil española se ha llevado tras de sí a sus dos hermanos, Federico y Luis, ambos fusilados. Altolaguirre se ve obligado a abandonar España e iniciar un largo recorrido por Francia, Cuba y México, país éste en el que se fueron sucediendo las nuevas ediciones de *Las islas invitadas*. Su obra tiene continuidad en *Fin de un amor*, su mejor libro, seguramente:

> *Dormido sentí mi llanto*
> *separarse de mi cuerpo,*
> *subir hasta tu sonrisa,*
> *alejarse por el sueño.*

Posteriormente, aparece en Málaga su último libro, *Poemas de América*, también recopilatorio.

En Altolaguirre hay que destacar igualmente, su labor como editor, una actividad vinculada a su vida, allí donde se encontrara y que compartió durante un largo periodo con Concha Méndez, escritora y primera esposa del poeta. A Manuel Altolaguirre y a su compañero Emilio Prados debemos, según hemos comentado páginas atrás, la fundación de la revista literaria *Litoral*, una de las más importantes del siglo XX. Otras revistas de gran interés y creadas por Altolaguirre fueron *Poesía, Héroe, 1616* y *Caballo verde para la poesía*, ésta última dirigida por Pablo Neruda. A los años del exilio corresponden, de igual manera, las revistas *Atentamente* y *La Verónica*, las dos en Cuba; y en México, *España en el recuerdo*.

Por último, damos referencia de su actividad cinematográfica, ya como guionista (Premio de la Crítica 1952, en el Festival de Cine de Cannes a su película "Subida al cielo", dirigida por Luis Buñuel), ya como productor (rodó "Misericordia", de Benito Pérez Galdós, y "Las Estrellas", de Carlos Arniches), o como director ("El Cantar de los Cantares"). El mismo mundo cinematográfico lloró su muerte, en 1959, cuando de regreso a Burgos, después de haber asistido al Festival de Cine de San Sebastián, perdió la vida en accidente de tráfico.

CERNUDA, LUIS (SEVILLA, 1902 - MÉXICO, 1963)

De personalidad triste y atormentada, "su primer contacto con la poesía se realiza a los nueve años, cuando sus hermanas le dejan leer las obras de Bécquer" (Miguel S. Flys en L.C., 1984:23). Ya de mayor es el mismo poeta quien en *Ocnos* (1939-1942) nos confirma el alcance de aquellas lecturas infantiles:

"Entreví entonces la existencia de una realidad diferente de la percibida a diario, y ya oscuramente sentía cómo no bastaba a esa otra realidad el ser diferente, sino que algo alado y divino debía acompañarla y aureorarla, tal el nimbo trémulo que rodea un punto luminoso".

Podemos comprobar, pues, que desde niño ya diera muestras Luis Cernuda de una extraordinaria sensibilidad; también de una acusada timidez y tendencia a la soledad. Le encantaban los ambientes naturales; por el contrario, sentía rechazo hacia todos los aspectos de la vida (incluidos los literarios), que no le gustaban y frente a los cuales antepuso una palabra intimista y desafiante al mismo tiempo. Ello encuentra explicación, entre otras razones, en su homosexualidad, una condición que no ocultó nunca y por la que, en la época en la que le tocó vivir, se vio incomprendido y marginado. Toda su vida fue así una permanente tensión entre "la realidad y el deseo", términos ambos sobre los que sustentó su escritura y en los que se pueden apreciar los temas principales de su obra: la soledad, el olvido, el anhelo de unas relaciones sociales más humanas, la belleza, el tiempo y su discurrir, pero, por encima de todo, el amor, aunque fuera éste una experiencia insatisfecha, no disfrutada plenamente, salvo en contadas excepciones.

El mismo apartamiento y desdén de su palabra hacia lo exterior del mundo caracterizó igualmente a su estilo, siempre la soledad –reiteramos– como denominador común de sus textos.

En la obra de Cernuda se distingue una etapa primera en la que figuran los libros *Perfil del aire* (1924-1927) y *Égloga, elegía, oda* (1927-1928). Los dos presentan influencias de las corrientes literarias de la época, por más que su p · ía estuviera ya entonces a punto de emprender un camino distinto, cuya repercusión va a ser muy clara y duradera en los poetas contemporáneos.

Como escritor, sus pasos iniciales hay que relacionarlos con la Universidad de Sevilla, en la que fue estudiante de la Facultad de Derecho. Es fácil entender, sin embargo, que el motivo verdadero de su interés por aquella universidad fuera la llegada a la misma de Pedro Salinas, catedrático de Historia de la Lengua. Años más tarde, esta presunción la vino a confirmar el mismo poeta sevillano:

"No sabría decir cuánto debo a Salinas, a su estímulo primero; apenas hubiera podido yo, en cuanto poeta, sin su ayuda, haber encontrado mi camino" (L.C. 1994:627).

Toda la producción poética de Cernuda fue reunida por el autor bajo el título general antes expresado de *La realidad y el deseo*, que contó con cuatro ediciones (la primera, en 1936), según el poeta consideró enriquecerla con nuevas creaciones. En dicha obra se incluyen los libros *Primeras poesías* (1924-1927) y *Égloga, elegía, oda* (1927-1928), más los que nacieron después, esto es, *Un río, un amor* (1929); *Los placeres prohibidos* (1930-1931); *Donde habite el olvido* (1932-1933); *Invocaciones a las gracias del mundo* (1934-1935); *Las nubes* (1939-1942); *Como quien espera el alba* (1943-1944) y *Desolación de la quimera* (1961-1963).

En prosa, además de *Ocnos*, sobresalen los títulos *Variaciones sobre un tema mexicano* (1952) y los ensayos *Poesía y literatura* (1964) y *Estudios de la poesía española contemporánea* (1957).

De tan amplio conjunto de obras, vayamos siquiera al comentario breve de algunas de ellas.

Primeras poesías hay que considerarlo un libro de adolescencia. Es versión renovada de *Perfil del aire*. El espacio aquí escogido por Cernuda (una habitación desde la que mirar a través de una ventana) tiene ya mucho que ver con aquel sentimiento de marginalidad al que antes hemos hecho referencia:

> *En su paz la ventana*
> *restituye a diario*
> *las estrellas, el aire*
> *y el que estaba soñando.*

Son versos, en general, heptasílabos, que riman en asonancia. En el fondo, inician una línea de escritura de carácter reflexivo que se va a continuar también en *Égloga, elegía, oda,* un libro de corte clásico, en la estética de Garcilaso de la Vega, en el que la belleza e idealización de aquel mundo buscado se hace posible.

Un río, un amor es una obra ya de claras influencias surrealistas. Está escrito en versículos. Los lugares ahora son urbanos y fríos. En ellos, de nuevo la realidad chocando contra el deseo:

> *Lentamente el ahogado recorre sus dominios*
> *donde el silencio quita apariencia a la vida.*
> *Transparentes llanuras inmóviles le ofrecen*
> *árboles sin colores y pájaros callados.*

El ahogado del fragmento anterior (en otros poemas, el mendigo) es el poeta que se siente solo, perdido, arrastrado por una corriente que no sabe adónde le lleva... Este libro incorpora a la poesía española la figura del "poeta maldito", es decir, aquel que adopta una actitud muy contundente contra la injusticia existencial. Esta posición de Cernuda será imitada, en adelante, por otros poetas.

Los placeres prohibidos es, seguramente, una de las obras más hermosas de la poesía cernudiana. Supone el centro entre *Un río, un amor* y *Donde habite el olvido*. Cernuda aquí profundiza en el anhelo de una pasión "contra natura" y, por lo tanto, prohibida. Ante tal imposición reacciona fuertemente, habida cuenta que no se le consiente construir ese ideal buscado. El poema "Diré como nacisteis", seleccionado en esta antología, resume muy bien este tema.

Donde habite el olvido marca un giro en el lenguaje cernudiano. En él desaparece el surrealismo y se recupera la línea de las rimas de Bécquer, a quien Cernuda había releído después de muchos años. El libro ha sido considerado como una "biografía espiritual del poeta":

¿Qué queda –nos dice Cernuda– *de las alegrías y penas del amor cuando éste desaparece? Nada, o peor que nada; queda el recuerdo de un olvido.*

Obra, según vemos, de hondo pesimismo, por más que el autor haya dejado entrar en él incluso a la figura del ángel –una de sus favoritas–, y como ser supraterrestre, objeto de su amor:

Tú fluyes en mis venas; respiras en mis labios,
te siento en mi dolor;
bien vivo estás en mí;
vives en mi amor mismo, aunque a veces
pesa la luz, la soledad.

Invocaciones a las gracias del mundo es un libro escrito por Cernuda en el tiempo inmediatamente anterior a la guerra civil. Está compuesto por diez poemas y es una obra en "donde el poeta hace una recapitulación de su vida y pensamiento, con el intento de salir del callejón oscuro donde se encuentra tras la experiencia desoladora descrita en el libro anterior [...]. Las gracias que invoca son las mismas que le han acompañado siempre: el amor, la soledad y la tristeza" (Flys en L.C. 1984:59). El poema "Soliloquio del farero" sirve, en este caso, de buen ejemplo para comprender su sentido general.

Entre 1939 y 1942, Luis Cernuda escribe *Las nubes*, con textos impregnados del dolor que le provoca la guerra española. Condenado tras ésta última al exilio, como otros tantos intelectuales, Luis Cernuda emprende un largo camino que le lleva primero a Londres; después a Glasgow, Cambridge, Estados Unidos y, finalmente, a México. A este largo periodo corresponden los libros *Como quien espera el alba*; *Vivir sin estar viviendo* (1944-1949); *Con las horas contadas* ((1950-1956); *Poemas para un cuerpo* (1951) y *Desolación de la quimera*. Igualmente, *Ocnos*, ya citado, un libro que entre 1942 y 1962 tuvo tres ediciones y que recoge los poemas en prosa escritos en Escocia y México, años duros de aquel obligado destierro, lejos de España, país al que, si no volvió más físicamente, sí lo hizo en la proyección de su poesía. Es de esta manera que Luis Cernuda permanezca aquí, ya para siempre, en la alta consideración que se le tiene como poeta de presente y de futuro.

DIEGO, GERARDO (SANTANDER 1896 - MADRID 1987)

Si entre las características que definen a los poetas de la Generación del 27 destacamos la atención prestada a la poesía nueva que representan los movimientos de vanguardia y, por otra parte, a la tradición lírica española, en Gerardo Diego tenemos, sin duda, un clarísimo ejemplo. Porque toda su producción poética se reparte, efectivamente, en esa doble dirección. Así, los libros *Iniciales* (1918); *Nocturnos de Chopin* (1918); *Imagen* (1922); *Manual de espumas* (1924); *Fábula de Equis y Zeda* (1932) y *Poemas adrede* (1932) se engarzan con la renovación vanguardista (creacionismo y ultraísmo), mientras que *El romancero de la novia* (1920); *Versos humanos* (1925); *Víacrucis* (1931); *Ángeles de Compostela* (1940) y *Alondra de verdad* (1941) son títulos relacionados con la tradición clásica, romántica y moderna. El mismo Gerardo Diego lo explica:

"Yo no soy responsable de que me atraigan simultáneamente el campo y la ciudad, la tradición y el futuro; de que me encante el arte nuevo y me extasíe el antiguo; de que me vuelva loco la retórica hecha y me torne más loco el capricho de volver a hacérmela –nueva–, para mi uso particular e intransferible."

Su condición de catedrático de instituto, junto a Salinas, Guillén o Dámaso, sirve para que se le incluya en aquella relación de profesores poetas que sirvió a algunos críticos para denominar al grupo.

A Gerardo Diego se le valora también por la dirección de la antología *Poesía Española* (1932) en la que, por primera vez, aparecen reunidos los principales componentes de la Generación del 27; Gerardo Diego dirigió, asimismo, las revistas literarias *Carmen* y *Lola*.

Con respecto a su obra hay que tener en cuenta una premisa fundamental: "ser poeta es sentir la atracción de lo desconocido" (Luis Felipe Vivanco, 1974:181), algo más que evidente en el poeta santanderino. Entre sus libros, *El romancero de la novia* corresponde, todavía, a los impulsos de su juventud, no del corazón, porque como decía Antonio Machado "éste se abre más tarde". El propio Machado, Bécquer, Rubén Darío y Juan Ramón Jiménez son autores cuyas influencias son notorias en el mencionado libro:

¿No la conocéis? Entonces
imaginadla, soñadla.
¿Quién será capaz de hacer
el retrato de la amada?
(Primera antología de sus versos, 1918-1941)

Iniciales, *Nocturnos de Chopin*, e *Imagen*, como decíamos, son libros primeros de tonos creacionistas. El creacionismo vino a irrumpir, como todos los movimientos de vanguardia, en un momento en el que los poetas sintieron la necesidad de decir cosas distintas a las de antes. En el origen de este movimiento vanguardista español, el cual no deja de ser una variante del ultraísmo, hay que recordar, junto a Gerardo Diego, al chileno Vicente Huidobro y al bilbaíno Juan Larrea. El creacionismo se distingue porque en él no se distinguen las palabras desde su significado previo, sino que este último es resultado de la aventura y la fantasía volcadas en el mismo poema. Escribe, por ejemplo, Gerardo Diego:

El cielo está hecho con lápices de colores.
Mi americana intacta no ha visto los amores.

El fragmento anterior corresponde a poemas de *Manual de espumas*, la obra que, junto a su *Biografía incompleta* (1925-1941) señalaría el periodo de mayor creacionismo en la obra de Gerardo Diego. Porque es cierto que este desbordante ingenio suyo no desaparecería nunca. Lo podemos comprobar igual en *Fábula de Equis y Zeda* y *Poemas adrede*.

La otra dirección de la obra de Gerardo Diego apunta hacia la poesía tradicional española. Ahora, tenemos que hablar, por lo tanto, de otras formas en su escritura: canciones, romances, sonetos, etc. Y sobre realidades más cercanas a la vida del hombre: la tierra, el amor, la amistad. Lo dice el propio poeta:

> Versos humanos ¿por qué no? Soy hombre
> y nada humano debe serme ajeno.
> (Hasta siempre, 1925)

Este camino de su poesía ya se había entrevisto en el libro escrito entre 1918 y 1925, titulado, precisamente, *Versos humanos*, que compartió el Premio Nacional de Literatura ese último año con *Marinero en tierra*, de Rafael Alberti.

La obra, sin embargo, que más allá de su anhelo de perfección artística le abre a una palabra humana más íntegra se llama *Alondra de verdad*. Alondra porque, como el pájaro del que toma ejemplo, la poesía debe ser alada y luminosa. De verdad porque, al mismo tiempo ha de ser honda y sincera, impregnada de autenticidad.

Tampoco la tierra española queda lejos de las preocupaciones del poeta: *Soria* (1923), *Mi Santander, mi cuna, mi palabra* (1961). El libro principal, no obstante, de esta temática es *Ángeles de Compostela*, inspirado en la tradición cristiana medieval, más concretamente en el famoso "Pórtico de la Gloria", del maestro Mateo, situado en la entrada de la catedral de Santiago, y en cuyas esquinas cuatro ángeles con trompetas convocan a la resurrección de los muertos y al Juicio Final.

En la misma línea de lo español están aquellas publicaciones de Gerardo Diego vinculadas al folklore y al costumbrismo, como en el caso de *La suerte o la muerte* (1926-1941) dedicado al mundo del toreo y que viene a demostrar, una vez más, el interés de los poetas de la Generación del 27 por lo popular:

Torerillo de Triana
frente a Sevilla
cántale a la sultana
tu seguidilla.

Y con lo más cercano y natural, lo sobrenatural, es decir, la inquietud y fe religiosas de Gerardo Diego. *Víacrucis* y *Versos divinos* (1938-1941) son libros escritos con esta orientación de fondo y en la forma de cantares y letrillas (remitimos a la lectura de "Canción al Niño Jesús", en esta antología).

Finalmente, la amplia producción poética de Gerardo Diego ha dado lugar a la reunión de sus textos en diferentes tomos antológicos, y en distintos años. Las grandes distancias entre las fechas de creación y publicación de sus obras justificaron estos libros. Entre ellos: *Primera antología de sus versos* (1941-1941); *Hasta siempre* (1949); *Versos escogidos* (1970); *Cementerio civil* (1972) y *Gerardo Diego: poesía de creación* (1974).

GARCÍA LORCA, FEDERICO (GRANADA 1898-1936)

Con sólo diez años, como era obligatorio en el paso de la educación primaria a la secundaria, tuvo que cumplimentar Federico su solicitud de ingreso a los estudios de bachillerato, dirigida al Ilustrísimo Sr. Director del Instituto General y Técnico de Almería. El examen se celebró el día 21 de septiembre de 1908 y constaba de la realización de una división matemática (854628:265) y del siguiente dictado:

"Aquellos que allí vienen son los que traen el cuerpo de Crisóstomo, y el pie de aquella montaña es el lugar donde él mandó que lo enterrasen".

Sobrecogedor el texto, sin duda. El fusilamiento del poeta, en 1936, junto al Barranco de Víznar (Granada) da a dicho dictado, escrito correctamente por el niño Federico, aires de auténtica premonición. Posiblemente, ello explique también que su palabra –siempre latiendo en la infancia– se caracterizara, de una parte, por una vitalidad y simpatía arrolladoras; por otra, por esa íntima y dolorosa fuerza que tampoco quiso dejarle nunca. Al morir, Federico García Lorca había alcanzado la edad de 38 años. Su voz ya brillaba entonces, como ahora, entre las más prodigiosas de nuestra literatura.

"La verdadera poesía –decía Lorca– es amor, esfuerzo y renunciamiento". Para él éste era el compromiso que debiera tenerse con la creación poética, una actitud muy manifiesta ya en su *Libro de poemas* (1921), en el cual, aunque se observan influjos anteriores (Bécquer, El Modernismo, Machado y Juan Ramón Jiménez), Lorca se expresa con acento propio, ligadas la pena y la alegría que le fueron tan características:

> *Esquilones de plata*
> *llevan los bueyes*
> *–¿Dónde vas, niña mía*
> *de sol y nieve?*
> *–Voy a las margaritas*
> *del prado verde.*
> *…/…*

Entre 1921 y 1934, Federico García Lorca escribe *Canciones* (1927) y *Poema del cante jondo* (1931). De los dos títulos, tal vez el primero sea el más vanguardista de su obra. Este libro le vale para ser reconocido como poeta.

> *La mar no tiene naranjas*
> *ni Sevilla tiene amor.*
> *Morena, qué luz de fuego.*
> *Préstame tu quitasol.*

Pero al mismo tiempo que nos encontramos con poemas colmados de gracia y de atrevimiento, caso de la anterior, la presencia de aquella fuerza dolorosa a la que hacíamos mención se deja igualmente sentir con todo su dramatismo:

> *Si muero,*
> *dejad el balcón abierto.*

En esa misma línea de pena y de estremecimiento se sitúa *Poemas del cante jondo*, un libro cargado de misterio y de muerte. O de la "Andalucía del llanto", como lo será después su *Romancero gitano* (1928), la obra más conocida de Lorca y la que más proyectó su imagen de poeta excepcional.

El *Romancero gitano* no tiene ya nada que ver con las vanguardias anteriores ni con la poesía surrealista que después nos ofrecerá en *Poeta en Nueva York* (1930). El tema del *Romancero* es "lo gitano". Lorca se fija en este pueblo por su condición de raza marginal.

En su forma, el libro está escrito en romances, construidos aquí en estrofas de cuatro versos, al final de las cuales aparecen dos versos aislados que actúan como estribillo.

A destacar asimismo en el *Romancero* la importancia de la metáfora (recurso poético al que hemos aludido antes, por el que el significado propio de una palabra se traslada a otro que conviene en virtud de una relación de semejanza). Lorca fue un ingenioso creador de metáforas. Lo podemos comprobar en el fragmento que sigue:

Ajo de agónica plata
la luna menguante, pone
cabelleras amarillas
a las amarillas torres.

Vemos cómo en los dos primeros versos, el plano real de la metáfora nos coloca ante la imagen más representada de la luna: una figura de plátano o de ajo. Da igual. Casi todos, en la infancia, la hemos dibujado así alguna vez. Pero Lorca, en el plano imaginario identifica al astro con un "ajo agónico de plata", es decir, más allá de la mera representación subyace la visión de una de sus preocupaciones esenciales: la muerte, que nunca dejó de golpearle.

La segunda parte de la poesía de Lorca es, si cabe, más difícil de comprender. El poeta incorpora a su obra un fuerte acento social bajo la influencia del movimiento artístico del momento: el surrealismo. Sus poemas ahora llevarán el signo de la protesta y de la rebeldía contra la injusticia y a favor siempre de quienes la sufren. El libro principal de esta etapa lorquiana es *Poeta en Nueva York*. El contacto con la vida norteamericana hizo brotar en él esta necesidad de escribir, cantar o gritar de esta otra manera. En Nueva York, "La aurora llega y nadie la recibe en su boca / porque allí no hay mañana ni esperanza posible". "Su simpatía con el negro le lleva a escogerlo como víctima simbólica de otros millones de oprimidos " (Luis Cernuda, 1975:168).

Desde un punto de vista formal, el tipo de verso que más abunda en *Poeta en Nueva York* es el versículo. Lorca recurre a ellos porque su extensión la ve también adecuada para la manifestación de su protesta.

Los poemas de *Poeta en Nueva York* fueron escritos entre 1929 y 1930, coincidiendo con la estancia de Federico García Lorca en la Universidad de Columbia (USA). No obstante, el escritor granadino no llegó a ver su publicación, realizada en 1940, cuatro años después de su desaparición.

Otro libro interesante de esta segunda época lorquiana es *Llanto por Ignacio Sánchez Mejías* (1935). La obra, como dice Cernuda (1975:170), "parece mucho más referirse [...] a su temprana y trágica muerte", que no a la del torero amigo suyo a quien va dedicada. Todo el libro es una elegía (composición poética que expresa un sentimiento de dolor, generalmente ante la muerte de una persona cercana a su autor), tal vez la mejor entre las escritas por García Lorca.

Diván del Tamarit (1934-1936) es un poemario muy próximo en el tiempo al anterior, pero de muy distinto signo. Su tema principal es el amor. Su escritura nos recuerda a la poesía arábigo-andaluza.

Acerca de las últimas obras de Lorca, damos cuenta también de *Seis poemas galegos* (1935), sobre figuras y elementos del paisaje de Galicia; y de *Sonetos del amor oscuro* (1936), titulados de esta manera por Vicente Aleixandre mucho después del fusilamiento del poeta granadino. Son textos de honda emoción, que se incluyeron en el conjunto de sus *Obras completas*.

Capítulo aparte merece el teatro de Federico García Lorca. "El teatro es la poesía que se hace humana" llegó a expresar su autor, un convencimiento personal de tanta intensidad como las mismas obras que nos legó: *Mariana Pineda* (1927); *La zapatera prodigiosa* (1930); *Así pasen cinco años* (1930); *El público* (1930); *Bodas de sangre* (1933); *Amor de don Perlimplín con Belisa en su jardín* (1933); *Yerma* (1934); *Doña Rosita la soltera o el lenguaje de las flores* (1935) y *La casa de Bernarda Alba* (1936).

"Habrá urgencia en conseguir que el teatro vuelva a ser algo vivo, fuerte...", decía Ortega y Gasset. Y bien que pudo lograrlo Lorca. Lástima que su vida personal se acortase tanto. Porque, en palabras de cierre de Luis Cernuda (1974: 172), "Lorca dejó bastante por decir, y acaso lo mejor. Mas puesto que su destino no se lo permitió [...], contentémonos con esto que le permitió. Que no es poco".

GUILLÉN, JORGE (VALLADOLID 1893 - MÁLAGA 1984)

Jorge Guillén es, entre los poetas de la Generación del 27, el que con mayor precisión ha cantado la armonía del universo, concebido éste como realidad creada y bien hecha, es decir, como totalidad perfecta.

En medio de tal "paraíso" se centra el poeta para hacernos ver así que la creación es una obra maravillosa y que vivir es un feliz acontecimiento, "la suprema dicha".

Es desde esta manera global de contemplar el mundo como hay que valorar, igualmente, su deseo de alcanzar, en correspondencia, el dominio de lo perfecto en el poema. Por esta razón su lenguaje se caracteriza por ser muy elaborado, en el que la selección y la situación de las palabras en el verso importan mucho. Pero, contra lo que en algún momento pueda parecer, Jorge Guillén no es, por ello, un poeta frío; todo lo contrario: cuando nos adentramos en la lectura atenta de sus poemas y descubrimos la belleza en los seres y en los detalles mínimos de la realidad diaria, la vida entera nos resulta más cálida. Y la palabra de Jorge Guillén, también.

> *Respiro,*
> *Y el aire en mis pulmones*
> *Ya es saber, ya es amor, ya es alegría.*

Estudiada en su conjunto, la obra de Jorge Guillén nos permite comprobar su gran capacidad para condensar sus ideas y pensamientos. A veces, todo se resuelve en un poema largo; otras, en uno corto o cortísimo, reducido a la expresión de una sola estrofa.

Otro aspecto formal a considerar en la poesía de Jorge Guillén es la escasez de neologismos. Y es que, en verdad, no los necesita. Se basta sólo con el uso correcto e inteligente de las palabras para conseguir de ellas los más hondos y hermosos significados. Fruto de lo dicho son unos textos artísticos en los que ni sobra nada ni tampoco falta, centrados en la dimensión espiritual de lo todo creado como en cada uno de los seres más insignificantes: unas avecillas, un reloj, unos ojos, etc.

Profundizando todavía más en los detalles formales de la poesía de Jorge Guillén hemos de tener en cuenta, con todo lo anterior, la importancia que para el poeta tienen el ritmo y la rima, los cuales son, ciertamente, recursos técnicos que hay que saber utilizar con la intuición necesaria. El ritmo en el verso –recordamos– viene marcado en su base por la posición de los acentos en la sucesión de las sílabas; por su parte, la rima se produce por la igualdad total de los sonidos (rima consonante) o parcial (rima asonante), tras la última vocal acentuada. Los dos recursos son utilizados por Guillén con particular maestría. Con mayor frecuencia hace uso de la rima consonante. La rima asonante encuentra espacio también en muchas composiciones, caso de los romances, que Guillén cultiva con absoluto dominio.

Cantar las pequeñas o grandes realidades que vivimos cada día es preocupación primordial en su poesía. Es fácil adivinar, por ello, que temas preferidos sean el tiempo y la luz, y de esta última sus primeras manifestaciones, es decir, cuando rompe el día:

(El alma vuelve al cuerpo,
se dirige a los ojos
y choca) –¡Luz! Me invade
todo mi ser ¡Asombroso!–

Pero con ser siempre el despertar a la vida un verdadero milagro, tener conciencia de estar en ella cobra particular importancia, lo mismo para Jorge Guillén que para cualquier otro poeta. El amor aquí se convierte en realidad escogida y envolvente y el tiempo en el mejor espacio para distribuirlo . Tanto que en su libro más celebrado, titulado *Cántico* (1928) y del que se publicaron varias ediciones, "los poemas se ordenan según la sucesión de las horas diarias situadas. Al principio de cada parte van los poemas dedicados al amanecer, al alba o al despertar del durmiente; en los del centro, los de la mañana y mediodía; más adelante, los de la siesta, tarde completa y anochecer, y por último, los dedicados a la noche" (Luis Felipe Vivanco, 1974:99).

Nació, pues, Jorge Guillén "para lo que se nace, es decir, para cantar. Y cumplió con su deber, cantó: Cántico" (Dámaso Alonso, 1974:213). Su voz, sin embargo, como no podía entenderse de otro modo, no se redujo a la aportación de esta obra. Tras *Cántico* vino *Clamor* (1950), nuevo libro y nuevo giro en la poesía de Jorge Guillén.

Clamor, de alguna manera, es el reverso de *Cántico*. Vino a representar aquella otra cara de la vida en la que ya el mundo no parece estar "bien hecho". *Clamor*, en sus tres partes: *Maremagnum* (1957); *Que van a dar a a la mar* (1960) y *A la altura de las circunstancias* (1963), se fija en la realidad de la opresión, del exilio, de la angustia que vive la persona cuando se siente acosada por el paso del tiempo, la soledad y la muerte, aunque sin adoptar por ello una actitud derrotista, sino esperanzada en su fe y en su fondo. De tal modo, admite, de una parte, que, "Estamos siempre a merced / De una cruzada./ Por nuestras venas corre sangre/ De catarata"("Los intranquilos". *Clamor*.) y, por otra, nos consuela al expresar:

> *Nunca embebe nada que muera,*
> *Y se ahondan los regocijos*
> *En luz de vacación sin tregua,*
> *El porvenir no tiene término,*
> *La vida es un lujo y va muy lenta.*
> ("Aquellos veranos". *Clamor*)

De 1967 es *Homenaje. Reunión de vidas*, reconocimiento del poeta a las figuras más sobresalientes de todas las épocas: desde Homero, en la antigüedad clásica, al mismo Lorca, compañero de su generación. En 1961 aparece *Aire nuestro*, compendio de la poesía de Jorge Guillén en un solo volumen y del que se publicarían más tarde dos nuevas series. *Otros poemas* es un libro de 1973; *Final*, culmina su obra en 1981. En todos ellos y en los anteriores, siempre el amor a las cosas y a la vida que Jorge Guillén en su poesía quiso dejar ya para siempre a nuestro alcance.

PRADOS, EMILIO (MÁLAGA 1899 - MÉXICO 1962)

"La voz del poeta es siempre una forma de rebeldía, un intento de remontar el vuelo para ver más allá de los límites que nos atan a la existencia. A otro lado de esa frontera lo que su voz descubre para nosotros es el mapa del mundo".

Con estas palabras de presentación de Francisco Chica (1999:9), nos adentramos también ahora en la interioridad clara de Emilio Prados, persona, sí, de naturaleza enfermiza, a cuestas siempre con sus problemas pulmonares, pero poeta, de otra suerte, de más extraordinaria condición y capacidad de entrega, cuya obra, centrada en las razones de la vida y de la muerte, es, según Jorge Guillén, "la más singular y por eso la más difícil entre las creadas por nuestra generación".

Tres períodos podemos distinguir en la misma: uno primero, comprendido entre los años 1925 y 1928, caracterizado por las influencias de la poesía arábigo-andaluza y de Juan Ramón Jiménez, de una parte, y por las vanguardias y el surrealismo, por otra. Son libros representativos de esta etapa *Tiempo* (1925); *Seis estampas para un rompecabezas* (1925); *Canciones del Farero* (1926); *Vuelta* (1927); *El misterio del agua* (1926-1927) y *Cuerpo perseguido* (1927-1928). En conjunto, hacen, como vemos, una relación amplia y, en consecuencia, de temática diversa. Junto a los motivos de la noche y la mar, por ejemplo, aparecen otros como son la soledad, el sueño, el tiempo y el ansia de eternidad, siempre ligados a una naturaleza contemplada y a un deseo del poeta de transitar desde su mundo interior al exterior:

> *Cerré mi puerta al mundo;*
> *se me perdió la carne por el sueño…*
> *Me quedé interno, mágico, invisible,*
> *desnudo como un ciego.*
> (De *Cuerpo perseguido*)

Escritos ya en la línea de una poesía comprometida con los problemas sociales y políticos de la época, entre 1932 y 1938 aparecen los libros que componen su segunda etapa, a saber: *La tierra que no alienta* (1930-1934); *La voz cautiva* (1933-1934); *Calendario completo del pan y del pescado* (1934); *Andando, andando por el mundo* (1934-1935),

Llanto de octubre (1934); *El llanto subterráneo* (1936); *Llanto en la sangre* (1937) y *Cancionero menor del combatiente* (1938). Es una etapa en la que si bien la influencia del surrealismo es evidente, también lo es la atención que Emilio Prados presta a las formas de nuestra lírica tradicional:

> *El pájaro al viento,*
> *La estrella a la mar*
> *Y el barco a su puerto*
> *¿cuándo volverán?*
> (de *Destino fiel*)

Toda la poesía de este período fue recogida en el libro al que corresponde el fragmento anterior, *Destino fiel* (1938), y con el que obtuvo ese mismo año el Premio Nacional de Literatura.

Entre 1939 y 1962, Emilio Prados vive, como otros, un exilio obligado que le lleva a México. Este tiempo delimita la segunda etapa de su trayectoria poética. Sus textos van a sufrir a partir de ahora una profunda transformación. Son poemas que se hacen cada vez más densos y expresan ideas centradas en las preocupaciones religiosas y filosóficas del poeta. Aparecen temas como el de la solidaridad y el del amor. A estos años de alejamiento pertenecen libros como *Memoria del olvido* (1940); *Mínima muerte* (1944); *Jardín cerrado* (1946); *Río natural* (1957) y *Circuncisión del sueño* (1957).

La piedra escrita (1961); *Signos del ser* (1962) y *Citas sin límites* (1962), con ser obras escritas en la misma época que las anteriores, muestran, sin embargo, motivos distintos. Ahora, su principal preocupación será el propio lenguaje. Nos encontramos ya ante una persona muy próxima a su muerte y sumida en una radical soledad.

> *Escribo y sé que mi escritura es falsa,*
> *porque tan sólo vierte a golpes mínimos*
> *–deformado en la lucha– un pensamiento*
> *que, internándose en mí, buscó crecerse.*
> (De *Signos del ser*)

Aparte de su obra poética, a Emilio Prados hay que reconocerle su labor editorial, junto a su amigo y compañero, Manuel Altolaguirre, y, sobre todo, por la fundación de la revista *Litoral*, una de las mejores de la época. Rafael Alberti, cuando los recuerda (1978:231-232), se refiere a ellos como los "héroes solitarios de la imprenta". Y continúa: "de aquel minúsculo taller salían, compuestas pacientemente y letra a letra, las páginas más limpias de toda la lírica de entonces [...] Emilio Prados era ya lo que sería y sigue siendo hoy; una tormenta oscura, un rayo subterráneo que combatiera siempre por esgrimirse al aire, un sentimiento concentrado, comprimido por insufribles torturas. A veces, con su linterna de luz sola en la mano, logra ascender de su mina profunda. Pero por poco tiempo, pues su mundo –infierno y paraísos especiales– se encuentra allí, en esas hondas galerías que solamente él conoce y en las que fragua sus veladas centellas luminosas". Como a todos también, la poesía le salvó para siempre. A punto ahora del cierre de este breve comentario sobre su obra, bueno es que sean aquellos versos de su *Jardín cerrado* los que nos acerquen la verdad profunda de su "Canción":

Ahora que mi sangre es mi sueño
y es mi sueño mi cantar,
y mi cantar es eterno.

SALINAS, PEDRO (MADRID, 1891 - BOSTON, 1951)

Pedro Salinas es otro de los profesores-poetas de la Generación del 27 y de vida siempre vinculada a la universidad: La Sorbona (París), Sevilla, Murcia, Cambridge, Santander y, finalmente, Boston. Con casi quince años vividos, además, fuera de España por culpa del exilio, su actividad como escritor le llevó a cultivar diferentes géneros literarios: poesía, teatro, novela, cuento y ensayo. Fue, como se deduce, un extraordinario intelectual, reconocido incluso por los miembros de su grupo: "cuatro días con Pedro Salinas bien merecen un viaje a Estados Unidos", llegó a decir Dámaso Alonso.

Pero, con ser tan diversa su producción literaria, Salinas es, sobre todo, poeta, un innovador capaz de incorporar a sus creaciones desde las novedades y accesorios de la vida moderna (ascensores, teléfonos, trasatlánticos,

aviones, cinematógrafo, deportes, etc.) hasta la esenciali-
dad del amor, tema este último que viene a situarle entre
los autores que mejor supieron tratarlo en toda la historia
de la lírica española.

Su obra poética, conforme a los tres pilares que la sostienen (autenticidad, belleza e ingenio), se reparte, según
estudio de Jorge Guillén, en tres etapas: una inicial compuesta por los libros *Presagios* (1923), *Seguro azar* (1929) y
Fauna y signo (1931). Es un período caracterizado, de una
parte, por la influencia de Juan Ramón Jiménez:

> *El alma tenías*
> *tan clara y abierta*
> *que yo nunca pude*
> *entrarme en tu alma.*
> (De *Presagios*)

Y en otra dirección, por la conexión con los motivos
de la sociedad industrializada, a los que hemos hecho referencia. Es, quizá, en estos poemas con inventos y recursos
de la técnica donde Pedro Salinas demuestra con mayor
originalidad su audacia o "ingenio", que Salinas "pudo
creer justificado en la poesía gracias a Góngora" (Cernuda, 1975:155). El poema "Underwood girls", de *Fábula
y Signo*, incluido en nuestra antología, es un ejemplo pre-
ciso y precioso, y también muy ilustrativo. El poeta se ha
fijado en una "Underwood", marca de máquina de escribir,
de uso muy generalizado en los años de composición de

dicho texto. Lo que el poema evoca, sugiere o traduce, queda lógicamente para la interpretación de cada lector, tanto como para el autor. Pero las teclas de aquel artilugio, quietas ahora, o dormidas, están ahí, entre los amantes, dispuestas a moverse, a producir palabras, a crear. El poema merece una mirada atenta. Sin duda.

Una segunda etapa en la obra de Salinas viene definida por tres de sus títulos principales: *La voz a ti debida* (1933), *Razón de amor* (1936) y *Largo lamento* (no publicado hasta 1975). En su conjunto, estas tres obras representan una de las cimas de la poesía amorosa en la literatura española.

La voz a ti debida toma nombre de un verso de Garcilaso de la Vega. Es un libro compuesto por un solo poema, que Pedro Salinas divide en fragmentos sueltos, sin títulos parciales ni tampoco numeración. En él, el amor se constituye en tema único y central. Su lectura parece un monólogo. En su construcción, Pedro Salinas emplea siempre un verso de medida variable, aunque predominando el de arte menor. Su base es el romance.

Razón de amor es una obra de tono más reflexivo: ¿Serás amor / un largo adiós que no se acaba? / Vivir, desde el principio, es separarse ... Vemos así que el poeta da entrada a preocupaciones muy importantes en la vida de las personas: ¿tendrá límites el amor? ¿Y final...? Las respuestas a tales preguntas no llegarían, sin embargo, hasta la escritura de *Largo lamento*: "Hoy son las manos la memoria / el alma no se acuerda / está dolida / de tanto recordar. Pero en las manos / queda el recuerdo de lo que han tenido". Nos ofrece, pues, el texto, la idea de una distancia, de un alejamiento, acaso de una definitiva ruptura. Hacia atrás, sólo el calor y el color de los recuerdos; hacia adelante, la incertidumbre, ese no saber, que está "el futuro decidiendo / o nuestra vida o nuestra muerte".

En el exilio americano aparecerán los libros que conforman su tercera etapa. En primer lugar, *El contemplado* (1946), una obra que recuerda al *Diario* de Juan Ramón Jiménez. Supone, por lo tanto, el descubrimiento del mar, un mar "en su puro ser natural y elemental, sin sombra de historia ni casi de criaturas humanas" (Luis Felipe Vivanco, 1974:137):

> *De mirarte tanto y tanto,*
> *del horizonte a la arena,*
> *despacio,*
> *del caracol al celaje,*
> *brillo a brillo, pasmo a pasmo,*
> *te he dado nombre …*

Continuación de esta etapa de exilio en América son también las obras *Todo más claro y otros poemas* (1949), canto contra la hostilidad y dureza de la sociedad de su tiempo, y *Confianza* (1955), publicado después de su muerte y en el que, a la manera de un ciclo todo viene a completarse: El cielo vuelve al mar / y el mar al cielo regresa. Como desde *Presagios* a *Confianza*. Como nosotros en una y otra ocasión, a la sensibilidad poéticamente humana de Pedro Salinas.

RESUMEN GENERAL DE OBRAS POÉTICAS

Rafael Alberti
OBRA POÉTICA

- *Marinero en tierra*, 1925 (Premio Nacional de Literatura).
- *La amante*, 1926.
- *El alba de alhelí*, 1927.
- *Cal y canto*, 1929.
- *Yo era un tonto y lo que he visto me ha hecho dos tontos*, 1929.
- *Sobre los ángeles*, 1929.
- *Sermones y moradas*, 1930.
- *El poeta en la calle* (1931-1935), 1978.
- *Consignas*, 1933.
- *Un fantasma recorre Europa*, 1933.
- *Poesía*, 1935.
- *Verte y no verte. A Ignacio Sánchez Mejías*, 1935.
- *13 bandas y 48 estrellas. Poemas del mar Caribe*, 1936.
- *De un momento a otro* (Poesía e historia), 1937.
- *Entre el clavel y la espada*, 1941.
- *Pleamar*, 1944.
- *A la pintura*, 1948.
- *Coplas de Juan Panadero*, 1949.
- *Retornos de lo vivo lejano*, 1952.
- *Oda marítima seguido de Baladas y canciones del Paraná*, 1953.
- *Balada y canciones del Paraná*, Losada, 1954.
- *Roma, peligro para caminantes*, 1974.

· *Los 8 nombres de Picasso y no digo más que lo que no digo*, 1970.
· *Fustigada luz*, 1980.
· *Versos sueltos de cada día*, 1982.
· *Accidente. Poemas del Hospital*, 1987.
· *Canciones para Altair*, 1989.

Vicente Aleixandre
OBRA POÉTICA

· *Ámbito*, 1928.
· *Espadas como labios*, 1932.
· *La destrucción o el amor*, 1935 (Premio Nacional de Literatura 1934).
· *Pasión de la tierra*, 1935.
· *Sombra del Paraíso*, 1944.
· *Mundo a solas*, 1950.
· *Nacimiento último*, 1953.
· *Historia del corazón*, 1954.
· *En un vasto dominio*, 1962 (Premio de la Crítica).
· *Retratos con nombre*, 1965.
· *Poemas de la consumación*, 1968 (Premio de la Crítica).
· *Diálogos del conocimiento*, 1974.
· *En gran noche. Últimos poemas*, 1991.

Dámaso Alonso

OBRA POÉTICA

- *Poemas puros. Poemillas de la ciudad*, 1921.
- *Hijos de la ira*, 1944
- *Oscura noticia*, 1944.
- *Hombre y Dios*, 1955.
- *Tres sonetos sobre la lengua castellana*, 1958.
- *Gozos de la vista*, 1981.
- *Duda y amor sobre el Ser Supremo*, 1985.

Manuel Altolaguirre

OBRA POÉTICA

- *Las islas invitadas*, 1926.
- *Ejemplo*, 1927.
- *Poemas del agua*, 1927.
- *Alba quieta (retrato) y otros poemas*, 1928.
- *Soledades juntas*, 1931.
- *La lenta libertad*, 1936.
- *Nube temporal*, 1939.
- *Poemas de las islas invitadas*, 1944.
- *Fin de un amor*, 1949.
- *Poemas en América*, 1955.

Luis Cernuda

OBRA POÉTICA

- *Perfil del aire*, 1927.
- *Égloga, elegía, oda*, 1928.
- *Un río, un amor*, 1929.
- *Los placeres prohibidos*, 1931.

- *La invitación a la poesía*, 1933.
- *Donde habite el olvido*, 1934.
- *La realidad y el deseo* (1ª edición), 1936.
- *Invocaciones a las gracias del mundo*, 1935.
- *Las nubes*, 1942.
- *La realidad y el deseo* (2ª edición), 1942.
- *Ocnos*, 1942.
- *Como quien espera el alba*, 1934.
- *Vivir sin estar viviendo*, 1949.
- *Poemas para un cuerpo*, 1951.
- *La realidad y el deseo* (3ª edición), 1958.
- *Desolación de la quimera*, 1963.
- *La realidad y el deseo* (4ª edición), 1962.

Gerardo Diego
OBRA POÉTICA
- *El romancero de la novia*, 1920.
- *Imagen. Poemas*, 1922.
- *Soria. Galería de estampas y efusiones*, 1923.
- *Manual de espumas*, 1924.
- *Versos humanos*, 1925.
- *Viacrucis*, 1931.
- *Fábula de Equis y Zeda*, 1932.
- *Poemas adrede*, 1932.
- *Ángeles de Compostela*, 1940.
- *Alondra de verdad*, 1941.
- *Primera antología de sus versos*, 1941.
- *Poemas adrede*, 1943.
- *Hasta siempre*, 1948.

· *Limbo*, 1951.

· *Biografía incompleta*, 1967.

· *Paisaje con figuras*, 1956 (Premio Nacional de Literatura).

· *Amor solo*, 1958.

· *Mi Santander, mi cuna, mi palabra*, 1961.

· *Sonetos a Violante*, 1962.

· *La suerte o la muerte. Poema del toreo*, 1963.

· *Nocturnos de Chopin*, 1963.

· *Segunda antología de sus versos*, 1967.

· *Versos divinos*, 1971.

· *Cementerio civil*, 1972.

Federico García Lorca
OBRA POÉTICA

· *Impresiones y paisajes*, 1918.

· *Libro de poemas*, 1921.

· *Canciones*, 1927.

· *El Romancero gitano*, 1928.

· *Poemas del cante jondo*, 1931.

· *Llanto por Ignacio Sánchez Mejías*, 1935.

· *Seis poemas galegos*, 1935.

· *Diván del Tamarit*, 1936.

· *Poeta en Nueva York*, 1940.

· *Sonetos del amor oscuro*, 1984.

Jorge Guillén

OBRA POÉTICA

- *Cántico* (75 poesías), 1928.
- *Cántico* (125 poesías), 1936.
- *Cántico* (270 poesías), 1945.
- *Cántico* (334 poesías), 1950.
- *Clamor. Maremagnun*, 1957.
- *Clamor... Que van a dar en la mar*, 1960.
- *Clamor. A la altura de las circunstancias*, 1963.
- *Homenaje. Reunión de vidas*, 1967.
- *Aire nuestro: Cántico, Clamor, Homenaje*, 1968.
- *Final*, 1981.

Emilio Prados

OBRA POÉTICA

- *Tiempo*, 1925.
- *Seis estampas para un rompecabezas*, 1925.
- *Canciones del farero* , 1926.
- *Vuelta*, 1927.
- *El misterio del agua*, 1927.
- *La voz cautiva*, 1934.
- *Calendario incompleto del pan y del pescado*, 1934.
- *La tierra que no alienta*, 1934.
- *Andando, andando por el mundo*, 1935.
- *El llanto subterráneo*, 1936.
- *Cancionero menor para los combatientes*, 1938.
- *Memoria del olvido*, 1940.
- *Mínima muerte*, 1944.
- *Jardín cerrado*, 1946.

· *Río natural*, 1957.
· *Penumbra*, 1961.
· *Signos del ser*, 1962.

Pedro Salinas
OBRA POÉTICA
· *Presagios*, 1923.
· *Seguro azar*, 1929.
· *Fábula y signo*, 1931.
· *La voz a ti debida*, 1933.
· *Razón de amor*, 1936.
· *Poesía junta*, 1942.
· *El contemplado* (Mar; poema), 1946.
· *Todo más claro y otros poemas*, 1949.
· *Poesías completas*, 1955 (Incluye el libro inédito *Confianza*).
· *Confianza*, 1955.

BIBLIOGRAFÍA CONSULTADA

ALBERTI, Rafael (1973): *Marinero en tierra*. Buenos Aires. Losada.

ALBERTI, Rafael (1977): *Antología poética*. Buenos Aires. Losada.

ALBERTI, Rafael (1978): *La arboleda perdida*. Barcelona. Seix Barral.

ALBERTI, Rafael (1999): *Poesía e Historia. Antología. Sevilla*. Junta de Andalucía. Consejería de Educación y Ciencia.

ALBERTI, Rafael (2003): *El amor y los ángeles. Antología de poesía amorosa*. Málaga. Junta de Andalucía. Consejería de Cultura.

ALEIXANDRE, Vicente (1976): *Sombra del Paraíso*. Madrid. Castalia.

ALEIXANDRE, Vicente (1977): *Espadas como labios. Pasión de la tierra*. Buenos Aires. Losada.

ALEIXANDRE, Vicente (1979): *Antología. Verso y prosa*. Barcelona. Planeta.

ALEIXANDRE, Vicente (1998): *Antología poética*. Málaga. Junta de Andalucía. Consejería de Cultura.

ALONSO, Dámaso (1978): *Poetas españoles contemporáneos*. Madrid. Gredos.

ALONSO, Dámaso (1981): *Poesía española*. Madrid. Gredos.

ALONSO, Dámaso (1986): *Hijos de la ira*. Madrid. Castalia.

ALTOLAGUIRRE, Manuel (2005): *Antología*. Granada. Junta de Andalucía. Consejería de Cultura.

CERNUDA, Luis (1975): *Estudios sobre poesía española contemporánea*. Madrid. Guadarrama.

CERNUDA, Luis (1979): *Ocnos. Variaciones sobre un tema mexicano*. Madrid. Taurus.

CERNUDA, Luis (1981): *Antología poética*. Madrid. Alianza.

CERNUDA, Luis (1984): *La realidad y el deseo*. Madrid. Castalia.

CERNUDA, Luis (2002): *Luis Cernuda 1902-1963*. Sevilla. Junta de Andalucía. Consejería de Cultura.

DEREK, Harris y MARISTANY, Luis (1994): *Luis Cernuda. Historial de un libro. Obra completa. Volumen II, Prosa*. Madrid. Siruela.

DÍAZ-PLAJA, Guillermo (1968): *Federico García Lorca*. Madrid. Espasa-Calpe.

DIEGO, Gerardo (1974): *Poesía de creación*. Barcelona. Seix Barral.

DIEGO, Gerardo (1977): *Primera Antología de sus versos (1918-1941)*. Madrid. Espasa-Calpe.

GARCÍA LORCA, Federico (1972): *Libro de poemas*. Buenos Aires. Losada.

GARCÍA LORCA, Federico (1973): *Romancero gitano*. Buenos Aires. Losada.

GARCÍA LORCA, Federico (1989): *Poeta en Nueva York*. Barcelona. Lumen.

GARFIAS, Francisco (1996): *Juan Ramón en su reino*. Huelva. Fundación Juan Ramón Jiménez.

JIMÉNEZ FRONTÍN, J. L. (1978): *El surrealismo*. Barcelona. Dopesa.

GUILLÉN, Jorge (1977): *Antología. Cántico*. Barcelona. Plaza y Janés.

GUILLÉN, Jorge (1977): *Antología. Clamor*. Barcelona. Plaza y Janés.

GUILLÉN, Jorge (1983): *Lenguaje y poesía*. Madrid. Alianza.

PRADOS, Emilio (1978): *Antología poética*. Madrid. Alianza.

PRADOS, Emilio (1979): *Antología esencial*. Málaga. Junta de Andalucía. Consejería de Cultura.

SALINAS, Pedro (1983): *Literatura española del siglo XX*. Madrid. Alianza.

SALINAS, Pedro (1985): *La voz a ti debida. Razón de amor*. Madrid. Castalia.

TORRES, Esteban y VÁZQUEZ MEDEL, Manuel Ángel (1986): *Fundamentos de poética española*. Sevilla. Alfar.

VÁZQUEZ MEDEL, Manuel Ángel (2005): *El poema único. Estudios sobre Juan Ramón Jiménez*. Huelva. Diputación Provincial.

VIVANCO, Luis Felipe (1974): *Introducción a la poesía española contemporánea. Tomos I y II*. Madrid. Guadarrama.

NOTA DEL AUTOR

En el año en que se cumple el 80 aniversario de la presentación de la Generación del 27, este libro no pretende sino sumarse a las iniciativas que fortalezcan aún más el reconocimiento de tan extraordinarios autores, y por el camino más adecuado –entendemos–, que supone la aproximación a la lectura de sus respectivas obras.

Es, en este sentido, un libro orientado hacia quienes, bien por razones de estudios, bien por el siempre gustoso placer de leer, sienten la necesidad de adentrarse en la poesía de Rafael Alberti, Vicente Aleixandre, Dámaso Alonso, Manuel Altolaguirre, Luis Cernuda, Gerardo Diego, Federico García Lorca, Jorge Guillén, Emilio Prados y Pedro Salinas, los diez componentes más representativos de aquella Generación.

En ningún caso y momento nos hemos extendido aquí en los correspondientes apuntes biográficos, que estimamos quedan fueran de los objetivos de esta publicación; sí en las concisas líneas de escritura que marcaron sus libros más sobresalientes, con apoyo, a veces, en algunas consideraciones generales acerca del lenguaje poético. En la dirección indicada se vertebran también los textos seleccionados, los cuales, junto a la belleza y calidad que, sin duda, atesoran, se hacen igualmente atractivos por su fácil comprensión.

José Antonio García

RAFAEL
ALBERTI

Marinero en tierra (1925)

El mar. La mar.
El mar. ¡Sólo la mar!
  ¿Por qué me trajiste, padre,
a la ciudad?
5 ¿Por qué me desenterraste
del mar?
  En sueños, la marejada
me tira del corazón.
Se lo quisiera llevar.
10 Padre, ¿por qué me trajiste
acá?

¡Qué altos
los balcones de mi casa!
Pero no se ve la mar.
¡Qué bajos!
5   Sube, sube, balcón mío,
trepa el aire, sin parar:
sé terraza de la mar,
sé torreón de navío.
     —¿De quién será la bandera
10 de esa torre de vigía?
     —¡Marineros, es la mía!

> *... la blusa azul, y la cinta*
> *milagrera sobre el pecho.*
> J.R.J.

—Madre, vísteme a la usanza
de las tierras marineras:
el pantalón de campana,
la blusa azul ultramar
5   y la cinta milagrera.
    —¿Adónde vas, marinero,
por las calles de la tierra?
    —¡Voy por las calles del mar!

Si mi voz muriera en tierra
llevadla al nivel del mar
y dejadla en la ribera.

Llevadla al nivel del mar
5   y nombradla capitana
de un blanco bajel[1] de guerra.

¡Oh mi voz condecorada
con la insignia marinera:
sobre el corazón un ancla
10 y sobre el ancla una estrella
y sobre la estrella el viento
y sobre el viento la vela!

---

[1]Bajel: Clase de barco.

La amante (1926)

SAN RAFAEL
(Sierra de Guadarrama)

     Si me fuera, amante mía,
Si me fuera yo,
     Si me fuera y no volviera
amante mía, yo,
5   el aire me traería,
amante mía,
a ti.

El alba del alhelí (1927)

PREGÓN

    ¡Vendo nubes de colores:
las redondas, coloradas,
para endulzar los calores!
    ¡Vendo los cirros morados
5   y rosas, las alboradas,
los crepúsculos dorados!
    ¡El amarillo lucero,
cogido a la verde rama
del celeste duraznero[1]!
10   ¡Vendo la nieve, la llama
y el canto del pregonero!

---

[1]Duraznero: de Durazno. Árbol, variedad de melocotonero, cuyo fruto es algo más pequeño.

Cal y canto (1929)

TELEGRAMA

Nueva York.
Un triángulo escaleno
asesina a un cobrador.
El cobrador, de hojalata.
5 Y el triángulo, de prisa,
otra vez a su pizarra.
Nick Carter no entiende nada.
¡Oh!
Nueva York.

Sobre los ángeles (1929)

LOS DOS ÁNGELES

Ángel de luz, ardiendo,
¡oh, ven!, y con tu espada
incendia los abismos donde yace
mi subterráneo ángel de las nieblas.

5   ¡Oh espadazo en las sombras!
Chispas múltiples,
clavándose en mi cuerpo,
en mis alas sin plumas,
en lo que nadie ve,
10 vida.

Me estás quemando vivo.
Vuela ya de mí, oscuro
Luzbel de las canteras sin auroras,
de los pozos sin agua,
15 de las simas[1] sin sueño,
ya carbón del espíritu,
sol, luna.

---

[1]Simas: Cavidades grandes y muy profundas en la tierra.

Me duelen los cabellos
y las ansias. ¡Oh, quémame!
20   ¡Más, más, sí, sí, más! ¡Quémame!

¡Quémalo, ángel de luz, custodio mío,
tú que andabas llorando por las nubes,
tú, sin mí, tú, por mí,
ángel frío de polvo, ya sin gloria,
25   volcado en las tinieblas!
¡Quémalo, ángel de luz,
quémame y huye!

Yo era un tonto y lo que he visto me ha hecho dos tontos (1929)

NOTICIARIO DE UN COLEGIAL MELANCÓLICO

NOMINATIVO: la nieve.
GENITIVO: de la nieve.
DATIVO: a o para la nieve.
ACUSATIVO: a la nieve.
VOCATIVO: ¡oh la nieve!
ABLATIVO: con la nieve
              de la nieve
              en la nieve
              por la nieve
              sin la nieve
              sobre la nieve
              tras la nieve.

        La luna tras la nieve.

Y estos pronombres personales extraviados por el río
y esta conjugación tristísima perdida entre los árboles.

BUSTER KEATON

De un momento a otro
(poesía e historia) (1937)

ELEGÍA A UN POETA QUE NO TUVO SU MUERTE
(Federico García Lorca)

No tuviste tu muerte, la que a ti te tocaba.
Malamente, a sabiendas, equivocó el camino.
¿Adónde vas? Gritando, por más que aligeraba,
no paré tu destino.

5   ¡Que mi muerte madruga! ¡Levanta! Por las cales,
los terrados y torres tiembla un presentimiento.
A toda costa el río llama a los arrabales,
advierte a toda costa la oscuridad al viento.

Yo, por las islas, preso, sin saber que tu muerte
10 te olvidaba, dejando mano libre a la mía.
¡Dolor de haberte visto, dolor de verte
como yo hubiera estado, si me correspondía!

Debiste de haber muerto sin llevarte a tu gloria
ese horror en los ojos de último fogonazo
15 ante la propia sangre que dobló tu memoria,
toda flor y clarísimo corazón sin balazo.

Mas si mi muerte ha muerto, quedándome la tuya,
si acaso le esperaba más bella y larga vida,
haré por merecerla, hasta que restituya
20 a la tierra esa lumbre de cosecha cumplida.

El poeta en la calle (1938)

LOS NIÑOS DE EXTREMADURA

Los niños de Extremadura
van descalzos.
¿Quién les robó los zapatos?

Les hiere el calor y el frío.
5 ¿Quién les rompió los vestidos?

La lluvia
les moja el sueño y la cama.
¿Quién les derribó la casa?

No saben
10 los nombres de las estrellas.
¿Quién les cerró las escuelas?

Los niños de Extremadura
son serios.
¿Quién fue el ladrón de sus juegos?

Entre el clavel y la espada (1941)

METAMORFOSIS DEL CLAVEL

IV

Se equivocó la paloma.
Se equivocaba.
   Por ir al norte, fue al sur.
Creyó que el trigo era agua,
5   Se equivocaba.
Creyó que el mar era cielo;
que la noche, la mañana.
Se equivocaba.
   Que las estrellas, rocío;
10   que el calor, la nevada.
Se equivocaba.
   Que tu falda era su blusa;
que tu corazón, su casa.
Se equivocaba.
15   (Ella se durmió en la orilla.
Tú, en la cumbre de una rama.)

A la pintura (1948)

A LA PINTURA

A ti, lino en el campo. A ti, extendida
superficie, a los ojos en espera.
A ti, imaginación, helor[1] u hoguera,
diseño fiel o llama desceñida[2].
5   A ti, línea impensada o concebida.
A ti, pincel heroico, roca o cera,
obediente al estilo o la manera,
dócil a la medida o desmedida.
A ti, forma; color, sonoro empeño
10 por que la vida ya volumen hable,
sombra entre luz, luz entre sol, oscura.
A ti, fingida realidad del sueño.
A ti, materia plástica palpable.
A ti, mano, pintor de la Pintura.

---

[1]Helor: (de hielo). Frío intenso y penetrante.
[2]Desceñida: (de desceñir). Desatar, quitar el ceñidor, faja u otra cosa
que se lleva alrededor del cuerpo.

Retornos de lo vivo lejano (1952)

RETORNOS DE LOS DÍAS COLEGIALES

Por jazmines caídos recientes y corolas
de dondiegos de noche vencidas por el día,
me escapo esta mañana inaugural de octubre
hacia los lejanísimos años de mi colegio.
5   ¿Quién eres tú, pequeña sombra que ni proyectas
el contorno de un niño casi a la madrugada?
¿Quién, con sueño enredado todavía en los ojos,
por los puentes del río vecino al mar, andando?
Va repitiendo nombres a ciegas, va torciendo
10 de memoria y sin gana las esquinas. No ignora
que irremediablemente la calle de la Luna,
la de las Neverías, la del Sol y las Cruces
van a dar al cansancio de algún libro de texto.
¿Qué le canta la cumbre de la sola pirámide,
15 qué la circunferencia que se aburre en la página?
Afuera están los libres araucarios[1] agudos
y la plaza de toros
con su redonda arena mirándose en el cielo.

---

[1]Araucarios: (de araucaria). Planta de gran tamaño de la familia de las coníferas.

Como un látigo, el 1 lo sube en el pescante
20 del coche que el domingo lo lleva a las salinas,
y se le fuga el 0 rodando a las bodegas,
aro de los profundos barriles en penumbra.

El mar reproducido que se expande en el muro
con las delineadas islas en breve rosa,
25 no adivina que el mar verdadero golpea
con su aldabón azul los patios del recreo.

¿Quién es éste del cetro en la lámina muerta,
o aquel que en la lección ha perdido el caballo?
No está lejos el río que la sombra del rey
30 melancólicamente se llevó desmontada.

Las horas prisioneras en un duro pupitre
lo amarran como un pobre remero castigado
que entre las paralelas rejas de los renglones
mira su barca y llora por asirse del aire.

35 Estas cosas me trajo la mañana de octubre,
entre rojos dondiegos de corolas vencidas
y jazmines caídos.

VICENTE ALEIXANDRE

Ámbito (1928)

ADOLESCENCIA

      Vinieras y te fueras dulcemente,
de otro camino
a otro camino. Verte,
y ya otra vez no verte.
5 Pasar por un puente a otro puente
—El pie breve,
la luz vencida alegre—.

Muchacho que sería yo mirando
aguas abajo la corriente,
10 y en el espejo tu pasaje
fluir, desvanecerse.

Espadas como labios (1932)

SIEMPRE

Estoy solo. Las ondas; playa, escúchame.
De frente los delfines o la espada.
La certeza de siempre, los no-límites.
Esta tierna cabeza no amarilla,
5 esta piedra de carne que solloza...
Arena, arena, tu clamor es mío.
Por mi sombra no existes como seno,
no finjas que las velas, que la brisa,
que un aquilón[1], un viento furibundo,
10 va a empujar tu sonrisa hasta la espuma,
robándole a la sangre sus navíos.
Amor, amor, detén tu planta impura.

---

[1] Aquilón: Viento procedente del norte.

La destrucción o el amor (1935)

CANCIÓN A UNA MUCHACHA MUERTA

Dime, dime el secreto de tu corazón virgen,
dime el secreto de tu cuerpo bajo tierra,
quiero saber por qué ahora eres un agua,
esas orillas frescas donde unos pies desnudos se bañan
[con espuma.

5   Dime por qué sobre tu pelo suelto,
sobre tu dulce hierba acariciada,
cae, resbala, acaricia, se va
un sol ardiente o reposado que te toca
como un viento que lleva sólo un pájaro o mano.

10   Dime por qué tu corazón como una selva diminuta
espera bajo tierra los imposibles pájaros,
esa canción total que por encima de los ojos
hacen los sueños cuando pasan sin ruido.

Oh tú, canción que a un cuerpo muerto o vivo,
15 que a un ser hermoso que bajo el suelo duerme,
cantas color de piedra, color de beso o labio,
cantas como si el nácar durmiera o respirara.

Esa cintura, ese débil volumen de un pecho triste,
ese rizo voluble que ignora el viento,
20 esos ojos por donde sólo boga el silencio,

esos dientes que son de marfil resguardado,
ese aire que no mueve unas hojas no verdes...

¡Oh tú, cielo riente que pasas como nube;
oh pájaro feliz que sobre un hombro ríes;
25 fuente que, chorro fresco, te enredas con la luna:
césped blando que pisan unos pies adorados!

Sombra del paraíso (1944)

EL POETA

Para ti, que conoces cómo la piedra canta,
y cuya delicada pupila sabe ya del peso de una montaña
sobre un ojo dulce,
y cómo el resonante clamor de los bosques se aduerme
suave un día en nuestras venas;
para ti, poeta, que sentiste en tu aliento
5 la embestida brutal de las aves celestes,
y en cuyas palabras tan pronto vuelan las poderosas alas
de las águilas
como se ve brillar el lomo de los calientes peces sin
sonido:

oye este libro que a tus manos envío
con ademán de selva,
10 pero donde de repente una gota fresquísima de rocío
brilla sobre una rosa,
o se ve batir el deseo del mundo,
la tristeza que como párpado doloroso
cierra el poniente y oculta el sol como una lágrima
oscurecida,
mientras la inmensa frente fatigada
15 siente un beso sin luz, un beso largo,
unas palabras mudas que habla el mundo finando.

Sí, poeta: el amor y el dolor son tu reino.
Carne mortal la tuya, que, arrebatada por el espíritu,
arde en la noche o se eleva en el mediodía poderoso,
20 inmensa lengua profética que lamiendo los cielos
ilumina palabras que dan muerte a los hombres.

La juventud de tu corazón no es una playa
donde la mar embiste con sus espumas rotas,
dientes de amor que mordiendo los bordes
                            de la tierra,
25 braman dulce a los seres.

No es ese rayo velador que súbitamente
                          te amenaza,
iluminando un instante tu frente desnuda,
para hundirse en tus ojos e incendiarte, abrasando
los espacios con tu vida que de amor se consume.

30 No. Esa luz que en el mundo
no es ceniza última,
luz que nunca se abate como polvo en los labios,
eres tú, poeta, cuya mano y no luna
yo vi en los cielos una noche brillando.

35 Un pecho robusto que reposa atravesado por el mar
respira como la inmensa marea celeste,
y abre sus brazos yacentes y toca, acaricia
los extremos límites de la tierra.

¿Entonces?
40 Sí, poeta; arroja este libro que pretende encerrar
    en sus páginas un destello del sol,
y mira a la luz cara a cara, apoyada la cabeza
    en la roca,
mientras tus pies remotísimos sienten el beso
    postrero del poniente
y tus manos alzadas tocan dulce la luna,
y tu cabellera colgante deja estela en los astros.

NACIMIENTO DEL AMOR

¿Cómo nació el amor? Fue ya en otoño.
Maduro el mundo,
no te aguardaba ya. Llegaste alegre,
ligeramente rubia, resbalando en lo blando
5   del tiempo. Y te miré. ¡Qué hermosa
me pareciste aún, sonriente, vívida,
frente a la luna aún niña, prematura en la tarde,
sin luz, graciosa en aires dorados; como tú,
que llegabas sobre el azul, sin beso,
10 pero con dientes claros, con impaciente amor!

Te miré. La tristeza
se encogía a lo lejos, llena de paños largos,
como un poniente graso que sus ondas retira.
Casi una lluvia fina –¡el cielo, azul!– mojaba
15 tu frente nueva. ¡Amante, amante era el destino
de la luz! Tan dorada te miré que los soles
apenas se atrevían a insistir, a encenderse
por ti, de ti, a darte siempre
su pasión luminosa, ronda tierna
20 de soles que giraban en torno a ti, astro dulce,
en torno a un cuerpo casi transparente, gozoso,
que empapa luces húmedas, finales, de la tarde,
y vierte, todavía matinal, sus auroras.

Eras tú amor, destino, final amor luciente,
25   nacimiento penúltimo hacia la muerte acaso.
        Pero no. Tú asomaste. ¿Eras ave, eras cuerpo,
alma sólo? ¡Ah, tu carne traslúcida
besaba como dos alas tibias,
como el aire que mueve un pecho respirando,
30   y sentí tus palabras, tu perfume,
        y en el alma profunda, clarividente
diste fondo! Calado de ti hasta el tuétano[1] de la luz,
sentí tristeza, tristeza del amor: amor es triste.

        En mi alma nacía el día. Brillando
35   estaba de ti; tu alma en mí estaba.
        Sentí dentro, en mi boca, el sabor a la aurora.
Mis ojos dieron su dorada verdad. Sentí a los pájaros
en mi frente piar, ensordeciendo
mi corazón. Miré por dentro
40   los ramos, las cañadas luminosas, las alas variantes,
        y un vuelo de plumajes de color, de encendidos
presentes me embriagó, mientras todo mi ser a un mediodía,
raudo, loco, creciente se incendiaba
y mi sangre ruidosa se despeñaba en gozos
50   de amor, de luz, de plenitud, de espuma.

---

[1]Tuétano: Lo más íntimo o profundo de la parte física o moral del hombre.

Historia del corazón (1954)

LA HERMANILLA

Tenía la naricilla respingona y era menuda.
¡Cómo le gustaba correr por la arena! Y se metía
                    [en el agua,
y nunca se asustaba.
Flotaba allí como si aquél hubiera sido siempre su
                    [natural elemento.
5 Como si las olas la hubieran acercado a la orilla,
trayéndola desde lejos, inocente en la espuma, con
                         [los ojos abiertos bajo la luz.
Rodaba luego con la onda sobre la arena y se reía,
                    [risa de niña en la risa del mar,
y se ponía de pie, mojada, pequeñísima,
como recién salida de las valvas[1] de nácar,
10 y se adentraba en la tierra,
como en préstamo de las olas.
          ¿Te acuerdas?
Cuéntame lo que hay allí en el fondo del mar.
Dime, dime, yo le pedía.
15 No recordaba nada.
Y riendo se metía otra vez en el agua
y se tendía sumisamente sobre las olas.

---

[1]Valvas: Cada una de las partes de la concha de los moluscos.

AL COLEGIO

Yo iba en bicicleta al colegio.
Por una apacible calle muy céntrica de
[la noble ciudad misteriosa.
Pasaba ceñido de luces, y los carruajes no hacían ruido.
Pasaban majestuosos, llevados por nobles alazanes[1]
[o bayos[2], que caminaban con eminente porte.
5 ¡Cómo alzaban sus manos al avanzar, señoriales,
[definitivos,
no desdeñando el mundo, pero contemplándolo
desde la soberana majestad de sus crines!
Dentro, ¿qué? Viejas señoras, apenas poco más que
[de encaje,
chorreras silenciosas, empinados peinados, viejísimos
[terciopelos:
10 silencio puro que pasaba arrastrado por el lento tronco
[brillante.
Yo iba en bicicleta, casi alado, aspirante.
Y hacía anchas aceras por aquella calle soleada.
En el sol, alguna introducida mariposa volaba sobre los
[carruajes y luego por las aceras
sobre los lentos transeúntes de humo.
15 Pero eran madres que sacaban a sus niños más chicos.
Y padres que en oficinas de cristal y sueño…
Yo al pasar los miraba.
Yo bogaba en el humo dulce, y allí la mariposa no se
[extrañaba.

---

[1]Alazán: Caballo de cierto pelaje.
[2]Bayo: Caballo de cierto pelaje.

En un vasto dominio (1962)

PARA QUIÉN ESCRIBO

I

¿Para quién escribo?, me preguntaba el cronista,
el periodista o simplemente el curioso.

No escribo para el señor de la estirada chaqueta, ni
para su bigote enfadado, ni siquiera para su alzado
índice admonitorio[1] entre las tristes ondas de música.

Tampoco para el carruaje, ni para su ocultada señora
(entre vidrios, como un rayo frío, el brillo de los
impertinentes).

Escribo acaso para los que no me leen. Esa mujer
que corre por la calle como si fuera a abrir las puertas
a la aurora.

5 O ese viejo que se aduerme en el banco de esa plaza
chiquita, mientras el sol poniente con amor le toma,
le rodea y le deslíe suavemente en sus luces.

Para todos los que no me leen, los que no se cuidan
de mí, pero de mí se cuidan (aunque me ignoren).

---

[1]Admonitorio: Que amonesta, aconseja, o exhorta.

Esa niña que al pasar me mira, compañera de mi aventura viviendo en el mundo.

Y esa vieja que sentada a su puerta ha visto vida, paridora de muchas vidas, y manos cansadas.

Escribo para el enamorado; para el que pasó con su angustia en los ojos; para el que le oyó; para el que al pasar no miró; para el que finalmente cayó cuando preguntó y no le oyeron.

10 Para todos escribo. Para los que no me leen sobre todo escribo. Uno a uno, y la muchedumbre. Y para los pechos y para las bocas y para los oídos donde, sin oírme, está mi palabra.

II

Pero escribo también para el asesino. Para el que con los ojos cerrados se arrojó sobre un pecho y comió muerte y se alimentó, y se levantó enloquecido.

Para el que se irguió como torre de indignación y se desplomó sobre el mundo.

Y para las mujeres muertas y para los niños muertos, y para los hombres agonizantes.

15 Y para el que sigilosamente abrió las llaves del gas y la ciudad entera pereció, y amaneció un montón de cadáveres.

Y para la muchacha inocente, con su sonrisa, su corazón, su tierna medalla, y por allí pasó un ejército de
                               [depredadores.

Y para el ejército de depredadores, que en una galopada final fue a hundirse en las aguas.

Y para esas aguas, para el mar infinito.

Oh, no para el infinito. Para el finito mar, con su limitación casi humana, como un pecho vivido.

20 (Un niño ahora entra, un niño se baña, y el mar,
el corazón del mar, está en ese pulso.)

Y para la mirada final, para la limitadísima Mirada Final,
en cuyo seno alguien duerme.

Todos duermen. El asesino y el injusticiado, el regulador
y el naciente, el finado y el húmedo, el seco de
voluntad y el híspido[1] como torre.

Para el amenazador y el amenazado, para el bueno
y el triste, para la voz sin materia y para toda la
materia del mundo.

25 Para ti, hombre sin deificación que, sin quererlas mirar,
estás leyendo estas letras.

Para ti y todo lo que en ti vive
yo estoy escribiendo.

---

[1]Híspido: Cubierto de pelo disperso y duro.

Retratos con nombre (1965)

CUMPLEAÑOS
(Autorretrato sucesivo)

No sé la cifra de los años que voy a cumplir,
pero sí sé que son férreos eslabones gruesos.
Se anudan y me rodean adaptándose a mi figuración,
ellos son verdaderamente mi figuración
y en su tremenda libertad y condición y materia me
      reconozco.

Ellos son la larga historia de mi vivir.
En el primero un dolido
vagido[1] me pronunció o me deletreó con tristeza.
5 Habían sido todos convocados con alegría…
Pero él no pudo más que dar una sílaba,
un pequeño grito,
una mudez inmediata bajo los ojos del miedo.

Toqué con mi mano otro eslabón. Aquí algo se había
      movido.
Él expresaba su niñez advenida y condicionada.
La de un niño o un ángel férreo, una pluma o un astro,
      pero una realidad enmarcando
unos verdaderos ojos azules.

---

[1]Vagido: Gemido o llanto del recién nacido.

Pero el eslabón grande se manifestaba. Hoy lo siento
        pasar como una decisiva cuenta.
Otro más, y sujetaba la muñeca durísima de la erguidísima
        juventud, en la bien trabada figura.
Entre los hierros el brillo de los dientes, bajo la coraza el
        corazón estallado;
no, no era ya el niño envuelto en eslabones, cubierto de
        ligaduras o cantando su libertad,
beso a beso sobre unas aguas que le desconocían.

    Otra cuenta mayúscula. La serenidad concentrada.
El enorme saco de la verdad por primera vez sobre el
        hombro.
Al fondo aquel horizonte y, en un esfuerzo supremo, el
        brazo casi invisible
llegando como un camino para todos a tocar la aurora.

    Más cuentas, más eslabones duros, más hierro frío.
La rebelión de los músculos.
Pero el corazón, encendido y cursivo,
y como un esfuerzo victorioso el vivir, el continuar
y el estremecerse.

El hierro, ¿para quién? Para el poderoso entramado, y
desde su palpitante músculo reconocedor,
la comunión desatándose.

20 Alud general sin retrocesión que se adelantaba y que fue
recibido por los brazos abiertos –los grillos saltados, las
cadenas colgando–,
pendientes como dos haces de luz, hasta tierra. O una
historia inconclusa.
No sé cuántos eslabones voy a cumplir.
Sé que es una cifra grande y con las dos manos la toco
tatuada en el pecho vivo, ¿el alma sin mancha?
Oh, el alma con mucha mancha, con toda su viva mancha.
Resultada, dentro del pecho puesta adelante, como una
vida, en redondo, como el universo.

¡El alma
completa!

Poemas de la consumación (1968)

"Vivir, dormir, morir: soñar acaso."
"Hamlet"

EL POETA SE ACUERDA DE SU VIDA

    Perdonadme: he dormido.
Y dormir no es vivir. Paz a los hombres.
Vivir no es suspirar o presentir palabras que aún nos
    vivan.
¿Vivir en ellas? Las palabras mueren.
5 Bellas son al sonar, mas nunca duran.
Así esta noche clara. Ayer cuando la aurora,
o cuando el día cumplido estira el rayo
final, y da en tu rostro acaso.
Con un pincel de luz cierra tus ojos.
10 Duerme.
La noche es larga, pero ya ha pasado.

DÁMASO ALONSO

Poemas puros. Poemillas de ciudad (1921)

CÓMO ERA

> *¿Cómo era Dios mío, cómo era?*
> *Juan Ramón Jiménez*

La puerta, franca.
    Vino queda y suave.
Ni materia ni espíritu. Traía
una ligera inclinación de nave
5   y una luz matinal de claro día.

No era de ritmo, no era de armonía
ni de color. El corazón la sabe,
pero decir cómo era no podría
porque no es forma, ni en la forma cabe.

10 Lengua, barro mortal, cincel inepto,
deja la flor intacta del concepto
en esta clara noche de mi boda,

y canta mansamente, humildemente,
la sensación, la sombra, el accidente,
15 mientras Ella me llena el alma toda.

GOTA PEQUEÑA, MI DOLOR

Gota pequeña, mi dolor.
La tiré al mar.
      Al hondo mar.
Luego me dije: ¡A tu sabor
5 ya puedes navegar!

Mas me perdió la poca fe...
      La poca fe
de mi cantar.
Entre honda y cielo naufragué.

10 Y era un dolor inmenso el mar.

Hijos de la ira (1944)

INSOMNIO

Madrid es una ciudad de más de un millón de cadáveres
    (según las últimas estadísticas).
A veces en la noche yo me revuelvo y me incorporo en este
    nicho en el que hace 45 años que me pudro,
y paso largas horas oyendo gemir el huracán, o ladrar los
    perros, o fluir blandamente la luz de la luna.
Y paso largas horas gimiendo como el huracán, ladrando
    como un perro enfurecido, fluyendo como la leche
    de la ubre caliente de una gran vaca amarilla.
5   Y paso largas horas preguntándole a Dios, preguntándole
    por qué se pudre lentamente mi alma,
por qué se pudren más de un millón de cadáveres en esta
    ciudad de Madrid,
por qué mil millones de cadáveres se pudren lentamente en
    el mundo.
Dime, ¿qué huerto quieres abonar en nuestra podredumbre?
¿Temes que se te sequen los grandes rosales del día,
10 las tristes azucenas letales de tus noches?

MONSTRUOS

Todos los días rezo esta oración
al levantarme:

Oh Dios,
no me atormentes más.
5 Dime qué significan
estos espantos que me rodean.
Cercado estoy de monstruos
que mudamente me preguntan,
igual, igual, que yo les interrogo a ellos.
10 Que tal vez te preguntan,
lo mismo que yo en vano perturbo
el silencio de tu invariable noche
con mi desgarradora interrogación.
Bajo la penumbra de las estrellas
15 y bajo la terrible tiniebla de la luz solar,
me acechan ojos enemigos,
formas grotescas me vigilan,
colores hirientes lazos me están tendiendo:
¡son monstruos,
20 estoy cercado de monstruos!

No me devoran.
Devoran mi reposo anhelado,
me hacen ser una angustia que se desarrolla a sí misma,
me hacen hombre,
25   monstruo entre monstruos.

No, ninguno tan horrible
como este Dámaso frenético,
como este amarillo ciempiés que hacia ti clama con todos
                      sus tentáculos enloquecidos,
como esta bestia inmediata
30   transfundida en una angustia fluyente;
no, ninguno tan monstruoso
como esta alimaña que brama hacia ti,
como esta desgarrada incógnita
que ahora te increpa con gemidos articulados,
35   que ahora te dice:
"Oh Dios,
no me atormentes más,
dime qué significan
estos monstruos que me rodean
40   y este espanto íntimo que hacia ti gime en la noche".

LA MADRE

No me digas
que estás llena de arrugas, que estás llena de sueño,
que se te han caído los dientes,
que ya no puedes con tus pobres remos hinchados, defor-
    mados por el veneno del reuma.

5 No importa, madre, no importa.
Tú eres siempre joven,
eres una niña,
tienes once años.
Oh, sí, tú eres para mí eso: una candorosa niña.

10 Y verás que es verdad si te sumerges en esas lentas aguas,
    en esas aguas poderosas,
que te han traído a esta ribera desolada.
Sumérgete, nada a contracorriente, cierra los ojos,
y cuando llegues, espera allí a tu hijo.
Porque yo también voy a sumergirme en mi niñez antigua,
15 pero las aguas que tengo que remontar hasta casi la fuente,
son mucho más poderosas, son aguas turbias, como teñidas
    de sangre.

Óyelas, desde tu sueño, cómo rugen,
cómo quieren llevarse al pobre nadador.
¡Pobre del nadador que somorguja[1] y bucea en ese mar sa-
lobre de la memoria!

20 …Ya ves: ya hemos llegado.
¿No es una maravilla que los dos hayamos arribado a esta
prodigiosa ribera de nuestra infancia?
Sí, así es como a veces fondean un mismo día en el puerto
de Singapoor dos naves,
y la una viene de Nueva Zelanda, la otra de Brest.
Así hemos llegado los dos, ahora, juntos.
25 Y ésta es la única realidad, la única maravillosa realidad:
que tú eres una niña y que yo soy un niño.

¿Lo ves madre?
No se te olvide nunca que todo lo demás es mentira, que
esto sólo es verdad, la única verdad.
Verdad, tu trenza muy apretada, como la de esas niñas aca-
baditas de peinar ahora,
30 tu trenza, en la que se marcan también los brillantes lóbu-
los del trenzado,
tu trenza, en cuyo extremo pende, inverosímil, un pequeño
lacito rojo;

---

[1]Somorguja: Que esconde la cabeza bajo el agua como el pájaro so-
morgujo.

verdad, tus medias azules anilladas de blanco, y las punti-
    llas de los pantalones que te asoman por debajo de
    la falda;
verdad tu carita alegre, un poco enrojecida, y la tristeza de
    tus ojos.
(Ah, ¿por qué está siempre la tristeza en el fondo de la alegría?)
35 ¿Y adónde vas ahora? ¿Vas camino del colegio?

Ah, niña mía, madre,
yo, niño también, un poco mayor, iré a tu lado,
te serviré de guía,
te defenderé galantemente de todas las brutalidades de mis
    compañeros,
40 te buscaré flores,
    me subiré a las tapias para cogerte las moras más negras,
        las más llenas de jugo,
    te buscaré grillos reales, de estos cuyo cricrí es como un
        choque de campanillas de plata.
    ¡Qué felices los dos, a orillas del río, ahora que va a ser el
        verano!

A nuestro paso van saltando las ranas verdes,
45 van saltando, van saltando al agua las ranas verdes:
es como un hilo continuo de ranas verdes,
que fuera repulgando la orilla, hilvanando la orilla con el
río.
¡Oh qué felices los dos juntos, solos en esta mañana!
Ves: todavía hay rocío de la noche: llevamos los zapatos
llenos de deslumbrantes gotitas.

50 ¿O qué prefieres que yo sea tu hermanito menor?
Sí, lo prefieres.
Seré tu hermanito menor, niña mía, hermana mía, madre mía
¡Es tan fácil!
Nos pararemos un momento en medio del camino,
55 para que tú me subas los pantalones,
y para que me suenes las narices, que me haces mucha falta
(porque estoy llorando: sí porque ahora estoy llorando).

No. No debo llorar, porque estamos en el bosque,

tú ya conoces las delicias del bosque (la conoces por los cuentos,

60 porque tú nunca has debido estar en un bosque,

o por lo menos no has estado nunca en esta deliciosa soledad, con tu hermanito).

Mira, esa llama rubia, que velocísimamente repiquetea las ramas de los pinos,

esa llama que como un rayo se deja caer al suelo, y que ahora de un bote salta a mi hombro,

no es fuego, no es llama, es una ardilla.

65 ¡No toques, no toques ese joyel[1], no toques esos diamantes!

¡Qué luces de fuego dan, del verde más puro, del tristísimo y virginal amarillo, del blanco creador, del más hiriente blanco!

¡No, no lo toques!, es una tela de arañacujada[2] de gotas de rocío.

[1]Joyel: Joya pequeña.
[2]Arañacujada: Derivado de araña.

Y esa sensación que ahora tienes de una ausencia invisible,
como una bella tristeza, ese acompasado y ligerí-
simo rumor de pies lejanos, ese vacío, ese presentimiento
súbito del bosque,
es la fuga de los corzos. ¿No has visto nunca corzas en
huida?

70 ¡Las maravillas del bosque! Ah, son innumerables; nunca
te las podría enseñar todas, tendríamos para toda
una vida…

…para toda una vida. He mirado, de pronto, y he visto tu
bello rostro lleno de arrugas,
el torpor de tus queridas manos deformadas,
y tus cansados ojos llenos de lágrimas que tiemblan.
Madre mía, no llores: víveme siempre en sueño.

75 Vive, víveme siempre ausente de tus años, del sucio mundo
hostil, de mi egoísmo de hombre, de mis palabras
duras.
Duerme ligeramente en ese bosque prodigioso de tu inocencia,
en ese bosque que crearon al par tu inocencia y mi llanto.
Oye, oye allí siempre cómo te silba las tonadas nuevas, tu
hijo, tu hermanito, para arrullarte el sueño.

No tengas miedo, madre. Mira, un día ese tu sueño cándido
se te hará de repente más profundo y más nítido.
80 Siempre en el bosque de la primer mañana, siempre en el
bosque nuestro.
Pero ahora ya serán las ardillas, lindas, veloces llamas, lla-
mitas de verdad;
y las telas de araña, celestes pedrerías;
y la huída de corzas, la fuga secular de las estrellas a la
busca de Dios.
Y yo te seguiré arrullando el sueño oscuro, te seguiré cantando.
85 Tú oirás la oculta música, la música que rige el universo.
Y allá en tu sueño, madre, tú creerás que es tu hijo quien la
envía. Tal vez sea verdad: que un corazón es lo que
mueve al mundo.

Madre, no temas. Dulcemente arrullada, dormirás en
el bosque el más profundo sueño.
Espérame en tu sueño. Espera allí a tu hijo, madre mía.

Oscura noticia (1944)

SUEÑO DE LAS DOS CIERVAS

¡Oh terso claroscuro del durmiente!
Derribadas las lindes, fluyó el sueño.
Sólo el espacio.

Luz y sombra, dos ciervas velocísimas,
5   huyen hacia la hontana[1] de aguas frescas,
centro de todo.

¿Vivir no es más que el roce de su viento?
Fuga del viento, angustia, luz y sombra:
forma de todo.

10 Y las ciervas, las ciervas incansables,
flechas emparejadas hacia el hito,
huyen y huyen.

El árbol del espacio. (Duerme el hombre.)
Al final de cada rama hay una estrella.
15 Noche: los siglos.

---

[1] Hontana: Fuente, manantial.

Hombre y Dios (1955)

HOMBRE Y DIOS

Hombre es amor. Hombre es un haz, un centro
donde se anuda el mundo. Si Hombre falla,
otra vez el vacío y la batalla
del primer caos y el Dios que grita "¡Entro!".

5   Hombre es amor, y Dios habita dentro
de ese pecho y, profundo, en él se acalla;
con esos ojos fisga, tras la valla,
su creación, atónitos de encuentro.

Amor-Hombre, total rijo sistema
10 yo (mi Universo). ¡Oh Dios, no me aniquiles
tú, flor inmensa que en mi insomnio creces!

Yo soy tu centro para ti, tu tema
de hondo rumiar, tu estancia y tus pensiles[1].
Si me deshago, tú desapareces.

---

[1] Pensiles: Jardines deliciosos.

PALINODIA[1]: DETRÁS DE LO GRIS

Ah, yo quiero vivir
dentro del orden general
de tu mundo.
Necesito vivir entre los hombres.
5 Veo un árbol: sus brazos ya en angustia
o ya en delicia lánguida
proclaman su verdad:
su alma de árbol se expresa
irreductiblemente única.
10 Pero el hombre que pasa junto a mí,
el hombre moderno
con sus radios, con sus quinielas, con sus películas sonoras
con sus automóviles de suntuosa hojalata
o con sus tristes vitaminas,
15 mudo tras su etiqueta que dice "comunismo"
                    o "democracia" dice,
con apagados ojos y un alma de ceniza
¿qué es?, ¿quién es?

---

[1]Palinodia: Retractación pública de lo que se había dicho. Reconocer
el erroe propio..

¿Es una mancha gris, un monstruo gris?

Monstruo gris, gris profundo,
20 profundamente oculta sus amores, sus odios,
gris en su casa,
gris en su juego,
en su trabajo, gris,
hombre gris, de gris alma.
25 Yo quiero, necesito,
mirarle allá a la hondura de los ojos, conocerle,
arrancarle su careta de cemento,
buscarle por detrás de sus tristes rutinas.
Por debajo de sus fórmulas de lorito
30 real (¡Pase usted! ¡Tanto gusto!),
aventarle sus tumbas de ceniza,
huracanarle su cloroformo diario.

Un día llegará en que lo gris se rompa,
35 y tus bandos resuenen arcangélicos,
oh gran Dios.

Dime, Dios mío, que tu amor refulge
detrás de la ceniza,
Dame ojos que penetren tras lo gris
40 la verdad de las almas,
la hermosa desnudez de tu imagen:
el hombre.

A UN RÍO LE LLAMABAN CARLOS

(Charles River, Cambridge, Massachussets.)

Yo me senté en la orilla:
quería preguntarte, preguntarme tu secreto;
convencerme de que los ríos resbalan hacia un anhelo
          y viven;
5   y que cada uno nace y muere distinto (lo mismo que a
     ti te llaman Carlos).
     Quería preguntarte, mi alma quería preguntarte
     por qué anhelas, hacia qué resbalas, para qué vives.
     Dímelo, río.
10 y dime, di, por qué te llaman Carlos.

          Ah, loco yo, loco, quería saber qué eras, quién eras
     (género, especie).
     y qué eran, qué significaban "fluir", "fluido", "fluente";
     qué instante era tu instante;
     cuál de tus mil reflejos, tu reflejo absoluto;
15 yo quería indagar el último recinto de tu vida;
     tu unicidad, esa alma de agua única,
     por la que te conocen por Carlos.

          Carlos es una tristeza, muy mansa y gris, que fluye
     entre edificios nobles, a Minerva sagrados,
20 y entre hangares que anuncios y consignas coronan.
     Y el río fluye y fluye, indiferente.
     A veces, suburbana, verde, una sonrisilla

de hierba se distiende, pegada a la ribera.
Yo me he sentado allí, sobre la hierba quemada del
    invierno, para pensar por qué los ríos
25 siempre anhelan futuro, como tú lento y gris.
Y para preguntarme por qué te llaman Carlos.

Y tú fluías, fluías, sin cesar, indiferente,
y no escuchabas a tu amante extático,
que te miraba preguntándote,
30 como miramos a nuestra primera enamorada para saber
    si le fluye un alma por los ojos,
y si en su sima el mundo será todo luz blanca,
o si acaso su sonreír es sólo eso: una boca amarga que
    besa.
Así te preguntaba, como le preguntamos a Dios en la
    sombra de los quince años,
entre fiebres oscuras y los días –qué verano– tan
    lentos
35 Yo quería que me revelaras el secreto de la vida
y de tu vida, y por qué te llamaban Carlos.

Yo no sé por qué me he puesto tan triste, contem-
    plando el fluir de este río.
Un río es agua, lágrimas: mas no sé quién las llora.
El río Carlos es una tristeza gris, mas no sé quién la
    llora.

40 Pero sé que la tristeza es gris y fluye.
Porque sólo fluye en el mundo la tristeza.
Todo lo que fluye es lágrimas.
Todo lo que fluye es tristeza, y no sabemos de dónde
        viene la tristeza.
Como yo no sé quién te llora, río Carlos,
45 como yo no sé por qué eres una tristeza
ni por qué te llaman Carlos.

Era bien de mañana cuando yo me he sentado a
        contemplar el misterio fluyente de este río,
y he pasado muchas horas preguntándome, preguntán-
        dote.
Preguntando a este río, gris lo mismo que un dios;
50 preguntándome, como se le pregunta a un dios triste:
¿qué buscan los ríos?, ¿qué es un río?
dime, dime qué eres, qué buscas,
río, y por qué te llaman Carlos.
Y ahora me fluye dentro una tristeza,
55 un río de tristeza gris,
con lentos puentes grises, como estructuras funerales
        grises.
Tengo frío en el alma y en los pies.
Y el sol se pone.
Ha debido pasar mucho tiempo.
60 Ha debido pasar el tiempo lento, lento, minutos, siglos,
        eras.

Ha debido pasar toda la pena del mundo, como un
　　tiempo lentísimo.
Han debido pasar todas las lágrimas del mundo, como
　　un río indiferente.
Ha debido pasar mucho tiempo, amigos míos, mucho
　　tiempo
desde que yo me senté aquí en la orilla, a orillas de esa
　　tristeza, de ese
65　río al que le llamaban Dámaso, digo, Carlos.

Duda y amor sobre el Ser Supremo (1985)

¿EXISTES? ¿NO EXISTES?

I

¿Estás? ¿No estás? Lo ignoro; sí, lo ignoro.
Que estés, yo lo deseo intensamente.
Yo lo pido, lo rezo. ¿A quién? No sé.
¿A quién? ¿A quién? Problema es infinito.

5 ¿A ti? ¿Pues cómo, si no sé si existes?
Te estoy amando, sin poder saberlo.
Simple, te estoy rezando; y sólo flota
en mi mente un enorme "Nada" absurdo.

Si es que tú no eres, ¿qué podrás decirme?
10 ¡Ah!, me toca ignorar, no hay día claro;
la pregunta se hereda, noche a noche:
mi sueño es desear, buscar sin nada.

Me lo rezo a mí mismo: busco, busco.
Vana ilusión buscar tu gran belleza.
15 Siempre necio creer en mi cerebro:
no me llega más dato que la duda.

¿Quizá tú eres visible? ¿O quizá sólo
serás visible, a inmensidad soberbia?
¡Serás quizá materia al infinito,
20 de cósmica sustancia difundida?

¿Hallaré tu existir si intento, atónito,
encontrarte a mi ver, o en lejanía?
La mayor amplitud, cual ser inmenso,
buscaré donde el mundo me responda.

II

25   ¿Pedir sólo lo inmenso conocido?
¿Pedir o preguntar al Universo?
No al universo de la tierra nuestra,
bajo, insensible, monstruoso, duro;

sí al Universo enorme, ya sin límites,
30   con planetas, los astros, las galaxias:
tal un dios material, flotando luces
en billones de años, sin fronteras.

Allí hay humanidades infinitas;
las llamo tal, mas son de extrañas formas:
35   nada igual a los hombres de esta tierra,
que aquí lloramos nuestra vida inmunda.

¡Extremado Universo, inmenso, hermoso!
Con eterna amplitud, materias cósmicas,
avanzan infinitas las galaxias,
40   nebulosas: son gas, sólidas, líquidas.

III

Inmensidad, cierto es.
        Mas yo no quiero
inmensidad-materia; otra es la mía,
inmaterial que exista (¡ay, si no existe!).
eterna, de omnisciencia, omnipotente.

45 No material, ¿pues qué? Te llamo espíritu
    (porque en mi vida espíritu es lo sumo).
    Yo ignoro si es que existes; y si espíritu.
    Yo, sin saber, te adoro, te deseo.

    Esto es máximo amor: mi amor te inunda;
50 el alma se me irradia en adorarte;
    mi vida es tuya sólo (¿ya no dudo?).
    Amor, no sé si existes. Tuyo, te amo.

MANUEL ALTOLAGUIRRE

Las islas invitadas y otros poemas (1926)

PLAYA

Las barcas de dos en dos,
como sandalias del viento
puestas a secar al sol.

Yo y mi sombra, ángulo recto.
5   Yo y mi sombra, libro abierto.

Sobre la arena tendido,
como despojo del mar,
se encuentra un niño dormido.

Yo y mi sombra, ángulo recto.
10   Yo y mi sombra, libro abierto.

Y más allá, pescadores
tirando de las maromas
amarillas y salobres.

Yo y mi sombra, ángulo recto.
15   Yo y mi sombra, libro abierto.

Ejemplo (1927)

SEPARACIÓN

Mi soledad llevo dentro,
torre de ciegas ventanas.

Cuando mis brazos extiendo,
abro sus puertas de entrada
5   y doy camino alfombrado
al que quiera visitarla.

Pintó el recuerdo los cuadros
que decoran sus estancias.
Allí mis pasadas dichas
10 con mi pena de hoy contrastan.

¡Qué juntos los dos estábamos!
¿Quién el cuerpo? ¿Quién el alma?
Nuestra separación última,
¡qué muerte fue tan amarga!

15 Ahora dentro de mí llevo
mi alta soledad delgada.

Alba quieta (retrato) y otros poemas (1928)

TERNURA

Yo, en la ribera mirándote.
Tú, en un escollo empinada
sin querer venir conmigo
por no despertar al agua.
5   Le di la vuelta al rebaño
que con su sueño te aislaba.
Tú sobre un pie, con el otro
nuevo suelo libre ansiabas.
—A la derecha. A la izquierda.—
10 Te recogiste la falda.
—Un salto. Otro salto. Otro.—
Pero tú no me escuchabas
y sentándote tus manos
acariciaron la lana.
15 El agua estaba durmiendo
y tú no la despertabas.

Poesía (1931)

LA LLANURA AZUL

No bajo montes de tierra
sino que escalo simas de aire.
Lo más hondo del barranco
es cumbre de estos cristales.

5   ¡Cuánto me pesa la oscura
firme tierra impenetrable!
Rozando duras tinieblas
voy pisando claridades.

No veo las ramas hundidas,
10 enterradas, de los árboles,
sino las verdes raíces
airosas, primaverales.

Ángeles y nubes juegan
en la azul llanura grande.
15 Desde estas hondas alturas
miro los azules valles.

No bajo montes de tierra
sino que escalo simas de aire.

Soledades juntas (1931)

LAS CARICIAS

¡Qué música del tacto
las caricias contigo!
¡Qué acordes tan profundos!
¡Qué escalas de ternuras,
5 de durezas, de goces!
Nuestro amor silencioso
y oscuro nos eleva
a las eternas noches
que separan altísimas
10 los astros más distantes.
¡Qué música del tacto
las caricias contigo!

MIRADAS

Ojos de puente los míos
por donde pasan las aguas
que van a dar al olvido.

Sobre mi frente de acero,
5   mirando por las barandas,
caminan mis pensamientos.

Mi nuca negra es el mar,
donde se pierden los ríos,
y mis sueños son las nubes
10   por y para las que vivo.

Ojos de puente los míos
por donde pasan las aguas
que van a dar al olvido.

NOCHE

El alma es igual que el aire,
con la luz se hace invisible,
perdiendo su honda negrura.

Sólo en las profundas noches
5 son visibles alma y aire.
Sólo en las noches profundas.

Que se ennegrezca tu alma
pues quieren verla mis ojos.
Oscurece tu alma pura.

10 Déjame que sea tu noche,
que enturbie tu transparencia.
¡Déjame ver tu hermosura!

La lenta libertad (1936)

POR DENTRO

Mis ojos grandes, pegados
al aire, son los del cielo.
Miran profundos, me miran,
me están mirando por dentro.

5   Yo pensativo, sin ojos,
con los párpados abiertos,
tanto dolor disimulo
como desgracias enseño.

El aire me está mirando
10 y llora en mi oscuro cuerpo;
su llanto se entierra en carne;
va por mi sangre y mis huesos,
se hace barro y raíces busca
en las que brotar del suelo.

15 Mis ojos grandes, pegados
al aire, son los del cielo.
En la memoria del aire
estarán mis sufrimientos.

LA POESÍA

No hay ningún paso,
Ni atraviesa nadie
los dinteles de luz y de colores,
cuando la rosa se abre,
5   porque invisibles son los paraísos
donde invisibles aves
los cantos melodiosos del silencio
a oscuras dan al aire,
más allá de la flor, adonde nunca
alma vestida puede presentarse,
10   donde se rinde el cuerpo a la belleza
en un vacío entrañable.

Nube temporal (1939)

ÚLTIMA MUERTE

Marinero, marinero,
eras río, ya eres mar.
No sé a qué tono cantar
para ser más verdadero,
5   que si al compás de tu muerte
nace la paz, sea más fuerte
mi dicha que mi pesar.
No sé si cantar tu muerte
o si la vida llorar.

Fin de un amor (1949)

LLANTO ERRANTE

Dormido sentí mi llanto
separarse de mi cuerpo,
subir hasta tu sonrisa,
alejarse por el sueño.

5   Un llanto errante, sin ojos,
para el dolor, mientras duermo.
Y tu sonrisa, su nube,
blanca, perdida, en el cielo.

Poemas en América (1955)

COPA DE LUZ

Antes de mi muerte, un árbol
está creciendo en mi tumba.

Las ramas llenan el cielo,
las estrellas son sus frutas
5   y en mi cuerpo siento el roce
de sus raíces profundas.

Estoy enterrado en penas,
y crece en mí una columna
que sostiene el firmamento,
10 copa de luz y amargura.

      Si está tan triste la noche,
está triste por mi culpa.

LUIS
CERNUDA

Primeras poesías (1936)

Va la brisa reciente
por el espacio esbelta,
y en las hojas cantando
abre una primavera.

5   Sobre el límpido abismo
del cielo se divisan,
como dichas primeras,
primeras golondrinas.

Tan sólo un árbol turba
10 la distancia que duerme:
tal el fervor alerta
la indolencia presente.

Verdes están las hojas;
el crepúsculo huye,
15 anegándose en sombra
las fugitivas luces.

En su paz la ventana
restituye a diario
las estrellas, el aire
20 y el que estaba soñando.

En soledad. No se siente
el mundo, que un muro sella;
la lámpara abre su huella
sobre el diván indolente[1].
5 Acogida está la frente
al regazo del hastío.
¿Qué ausencia, qué desvarío
a la belleza hizo ajena?
Tu juventud nula, en pena
10 de un blanco papel vacío.

---

[1]Indolente: Que no se afecta o conmueve.

Égloga, elegía, oda (1936)

HOMENAJE

Ni mirto[1] ni laurel. Fatal extiende
su frontera insaciable el vasto muro
por la tiniebla fúnebre. En lo oscuro
todo vibrante un claro son asciende.

5   Cálida voz extinta, sin la pluma
que opacamente blanca la vestía,
ráfagas de su antigua melodía
levanta arrebatada entre la bruma.

Es un rumor celándose suave;
10   tras una gloria triste, quiere, anhela.
Con su acento armonioso se desvela
ese silencio sólido tan grave.

El tiempo, duramente acumulando
olvido hacia el cantor, no lo aniquila;
15   su voz más joven vive, late, oscila
con un dejo inmortal que va cantando.

Mas el vuelo mortal tan dulce, ¿adónde
perdidamente huyó? Deshecho brío,
el mármol absoluto en un sombrío
20   reposo melancólico lo esconde.

---

[1] Mirto: Arbusto.

Qué paz estéril, solitaria, llena
aquel vivir pasado, en lontananza[2],
aunque trabajo bello, con pujanza
surta una celestial, sonora vena.

25   Toda nítida, sí, vivaz perdura,
azulada en su grito transparente.
Pero un eco es tan solo; ya no siente
quien le infundió tan lúcida hermosura.

---

[2]Lontananza: Cosas que por estar muy lejanas apenas se pueden distinguir.

Un río, un amor (1936)

QUISIERA ESTAR SOLO EN EL SUR

Quizá mis lentos ojos no verán más el sur
de ligeros paisajes dormidos en el aire,
con cuerpos a la sombra de ramas como flores
o huyendo en un galope de caballos furiosos.

5   El sur es un desierto que llora mientras canta,
y esa voz no se extingue como pájaro muerto;
hacia el mar encamina sus deseos amargos
abriendo un eco débil que vive lentamente.

En el sur tan distante quiero estar confundido.
10   La lluvia allí no es más que una rosa entreabierta;
su niebla misma ríe, risa blanca en el viento.
Su oscuridad, su luz son bellezas iguales.

NO INTENTEMOS EL AMOR NUNCA

Aquella noche el mar no tuvo sueño.
Cansado de contar, siempre contar a tantas olas,
quiso vivir hacia lo lejos,
donde supiera alguien de su color amargo.

5   Con una voz insomne decía cosas vagas,
barcos entrelazados dulcemente
en un fondo de noche,
o cuerpos siempre pálidos, con su traje de olvido
viajando hacia nada.

10   Cantaba tempestades, estruendos desbocados
bajo cielos con sombra,
como la sombra misma,
como la sombra siempre
rencorosa de pájaros estrellas.

15   Su voz atravesando luces, lluvia, frío,
alcanzaba ciudades elevadas a nubes,
cielo Sereno, Colorado, Glaciar del Infierno,
todas puras de nieve o de astros caídos
en sus manos de tierra.

20 Mas el mar se cansaba de esperar las ciudades.
allí su amor tan sólo era un pretexto vago
con sonrisa de antaño,
ignorado de todos.

    Y con sueño de nuevo se volvió lentamente
25 adonde nadie
sabe nada de nadie.
adonde acaba el mundo.

Los placeres prohibidos (1936)

DIRÉ CÓMO NACISTEIS

Diré cómo nacisteis, placeres prohibidos,
como nace un deseo sobre torres de espanto,
amenazadores barrotes, hiel descolorida,
noche petrificada a fuerza de puños
5 ante todos, incluso el más rebelde,
apto solamente en la vida sin muros.

Corazas infranqueables, lanzas o puñales,
todo es bueno si deforma un cuerpo;
tu deseo es beber esas hojas lascivas[1]
10 o dormir en esa agua acariciadora.
No importa;
ya declaran tu espíritu impuro.

No importa la pureza, los dones que un destino
levantó hacia las aves con manos imperecederas;
15 no importa la juventud, sueño más que hombre,
la sonrisa tan noble, playa de seda bajo la tempestad
de un régimen caído.

Placeres prohibidos, planetas terrenales,
miembros de mármol con sabor de estío,
20 jugo de esponjas abandonadas por el mar,
flores de hierro resonantes como el pecho de un
hombre.

---

[1] Lascivas: Propenso a los deleites carnales. Apetito inmoderado de algo.

Soledades altivas, coronas derribadas,
libertades memorables, manto de juventudes;
quien insulta esos frutos, tinieblas en la lengua,
25 es vil como un rey, como sombra de rey
arrastrándose a los pies de la tierra
para conseguir un trozo de vida.

No sabía los límites impuestos,
límites de metal o papel,
ya que el azar le hizo abrir los ojos bajo una luz tan
30 alta
adonde no llegan realidades vacías,
leyes hediondas, códigos, ratas de paisajes derruidos.

Extender entonces la mano
es hallar una montaña que prohíbe,
35 un bosque impenetrable que niega,
un mar que traba adolescentes rebeldes.

Pero si la ira, el ultraje, el oprobio[2] y la muerte,
ávidos dientes sin carne todavía,
amenazan abriendo sus torrentes,
40 de otro lado vosotros, placeres prohibidos,
bronce de orgullo, blasfemia que nada precipita,
tendéis en una mano el misterio,
sabor que ninguna amargura corrompe,
cielos, cielos relampagueantes que aniquilan.

---

[2]Oprobio: Deshonra.

45 Abajo, estatuas anónimas,
   sombras de sombras, miseria, preceptos de niebla;
   una chispa de aquellos placeres
   brilla en la hora vengativa.
   Su fulgor puede destruir vuestro mundo.

NO DECÍA PALABRAS

No decía palabras,
acercaba tan sólo un cuerpo interrogante,
porque ignoraba que el deseo es una pregunta
cuya respuesta no existe,
5   una hoja cuya rama no existe,
un mundo cuyo cielo no existe.

La angustia se abre paso entre los huesos,
remonta por las venas
hasta abrirse en la piel,
10   surtidores de sueño
hechos carne en interrogación vuelta a las nubes.

Un roce al paso,
una mirada fugaz entre las sombras,
bastan para que el cuerpo se abra en dos,
15   ávido de recibir en sí mismo
otro cuerpo que sueñe;
mitad y mitad, sueño y sueño, carne y carne;
iguales en figura, iguales en amor, iguales en deseo.
Aunque sólo sea una esperanza,
20   porque el deseo es pregunta cuya respuesta nadie
          sabe.

SI EL HOMBRE PUDIERA DECIR

Si el hombre pudiera decir lo que ama,
si el hombre pudiera levantar su amor por el cielo
como una nube en la luz;
si como muros que se derrumban,
5   para saludar la verdad erguida en medio,
pudiera derrumbar su cuerpo, dejando sólo la verdad
        de su amor,
la verdad de sí mismo,
que no se llama gloria, fortuna o ambición,
sino amor o deseo,
10 yo sería al fin aquel que imaginaba;
aquel que con su lengua, sus ojos y sus manos
proclama ante los hombres la verdad ignorada,
la verdad de su amor verdadero.

Libertad no conozco sino la libertad de estar preso
        en alguien
15 cuyo nombre no puedo oír sin escalofrío;
alguien por quien me olvido de esta existencia
        mezquina,
por quien el día y la noche son para mí lo que quiera,
y mi cuerpo y espíritu flotan en su cuerpo y espíritu,
como leños perdidos que el mar anega o levanta,

20 libremente, con la libertad del amor,
   la única libertad que me exalta,
   la única libertad porque muero.

   Tú justificas mi existencia.
   Si no te conozco, no he vivido;
25 si muero sin conocerte, no muero, porque no he
        vivido.

DÉJAME ESTA VOZ

Déjame esta voz que tengo,
lo mismo que a la pampa le dejan
sus matorrales de deseo,
sus ríos secos colgando de las piedras.

5 Déjame vivir como acero mohoso,
sin puño, tirado en las nubes;
no quiero saber de la gloria envidiosa
con rabo y cuernos de ceniza.

Un anillo tuve de luna
10 tendida en la noche a comienzos de otoño;
lo dí a un mendigo tan joven
que sus ojos parecían dos lagos.

Me ahogué en fin, amigos;
ahora duermo donde nunca despierte.
15 No saber más de mí mismo es algo triste;
dame la guitarra para guardar las lágrimas.

DONDE HABITE EL OLVIDO (1936)

Donde habite el olvido,
en los vastos jardines sin aurora;
donde yo sólo sea
memoria de una piedra sepultada entre ortigas
5 sobre la cual el viento escapa a sus insomnios.

Donde mi nombre deje
al cuerpo que designa en brazos de los siglos,
donde el deseo no exista.

En esa gran región donde el amor, ángel terrible,
10 no esconda como acero
en mi pecho su ala,
sonriendo lleno de gracia aérea mientras crece el
        tormento.
Allá donde termine este afán que exige un dueño a
        imagen suya,
sometiendo a otra vida su vida,
15 sin más horizonte que otros ojos frente a frente.

Donde penas y dichas no sean más que nombres,
cielo y tierra nativos en torno de un recuerdo;
donde al fin quede libre sin saberlo yo mismo,
disuelto en niebla, ausencia,
20 ausencia leve como carne de niño.

Allá, allá lejos;
donde habite el olvido.

MI ARCÁNGEL

No solicito ya ese favor celeste, tu presencia;
como incesante filo contra el pecho,
como el recuerdo, como el llanto,
como la vida misma vas conmigo.

5   Tú fluyes en mis venas, respiras en mis labios.
te siento en mi dolor;
bien vivo estás en mí, vives en mi amor mismo,
aunque a veces
pesa la luz, la soledad.

10   Vuelto en el lecho, como niño sin nadie frente al
             muro,
contra mi cuerpo creo,
radiante enigma, el tuyo;
no ríes así ni hieres,
no marchas ni te dejas, pero estás conmigo.

15   Estás conmigo como están mis ojos en el mundo,
dueños de todo por cualquier instante,
mas igual que ellos, al hacer la sombra, luego vuelvo,
mendigo a quien despojan de su misma pobreza,
al yerto[1] infierno de donde he surgido.

---

[1] Yerto: Tieso o rígido como un muerto.

Invocaciones a las gracias del mundo (1936)

A UN MUCHACHO ANDALUZ

Te hubiera dado el mundo,
muchacho que surgiste
al caer de la luz por tu Conquero[1],
tras la colina ocre,
5   entre pinos antiguos de perenne alegría.

¿Eras emanación del mar cercano?
Eras el mar aún más
que las aguas henchidas con su aliento,
encauzadas en río sobre tu tierra abierta,
10   bajo el inmenso cielo con nubes que se orlaban[2] de rotos
      resplandores.

Eras el mar aún más
tras de las pobres telas que ocultaban tu cuerpo;
eras forma primera,
eras fuerza inconsciente de su propia hermosura.

15   Y tus labios, de fulmíneo[3] bisel[4],
eran la vida misma,

---

[1]Conquero: Lugar de Huelva capital.
[2]Orlar: Adornar un vestido u otra cosa.
[3]Fulmíneo: Que participa de las propiedades del rayo.
[4]Bisel: Corte oblicuo.

como una ardiente flor
nutrida con la savia
de aquella piel oscura
20 que infiltraba nocturno escalofrío.

Si el amor fuera un ala…

La incierta hora con nubes desgarradas,
el río oscuro y ciego bajo la extraña brisa,
la rojiza colina con sus pinos cargados de secretos,
25 te enviaban a mí, a mi afán ya caído,
como verdad tangible.

Expresión armoniosa de aquel mismo paraje,
entre los ateridos[5] fantasmas que habitan nuestro mundo,
eras tú una verdad,
30 sola verdad que busco,
más que verdad de amor verdad de vida;
y olvidando que sombra y pena acechan de continuo
esa cúspide virgen de la luz y la dicha,
quise por un momento fijar tu curso ineluctable[6].

---

[5]Ateridos: Con mucho frío.
[6]Ineluctable: Dicho de una cosa contra la cual no puede lucharse.

35 Creí en ti, muchachillo.

Cuando el mar evidente,
con el irrefutable sol de mediodía,
suspendía mi cuerpo
en esa abdicación del hombre ante su dios,
40 un resto de memoria
levantaba tu imagen como recuerdo único.

Y entonces,
con sus luces el violento Atlántico,
tantas dunas profusas, tu Conquero nativo,
45 estaban en mí mismo dichos en tu figura,
divina ya para mi afán con ellos,
porque nunca he querido dioses crucificados,
tristes dioses que insultan
esa tierra ardorosa que te hizo y deshace.

SOLILOQUIO[1] DEL FARERO

Cómo llenarte, soledad,
sino contigo misma…

De niño, entre las pobres guaridas de la tierra,
quieto en ángulo oscuro,
5 buscaba en ti, encendida guirnalda,
mis auroras futuras y furtivos nocturnos,
y en ti los vislumbraba,
naturales y exactos, también libres y fieles,
a semejanza mía,
10 a semejanza tuya, eterna soledad.

Me perdí luego por la tierra injusta
como quien busca amigos o ignorados amantes;
diverso con el mundo,
fui luz serena y anhelo desbocado,
15 y en la lluvia sombría o en el sol evidente
quería una verdad que a ti te traicionase,
olvidando en mi afán
cómo las alas fugitivas su propia nube crean.

---

[1]Soliloquio: Reflexión en voz alta y a solas.

Y al velarse a mis ojos
20 con nubes sobre nubes de otoño desbordado
la luz de aquellos días en ti misma entrevistos,
te negué por bien poco;
por menudos amores ni ciertos ni fingidos,
por quietas amistades de sillón y de gesto,
25 por un nombre de reducida cola en un mundo
fantasma,
por los viejos placeres prohibidos
como los permitidos nauseabundos,
útiles solamente para el elegante salón susurrado,
en bocas de mentira y palabras de hielo.

30 Por ti me encuentro ahora el eco de la antigua
persona
que yo fui,
que yo mismo manché con aquellas juveniles traiciones;
por ti me encuentro ahora, constelados hallazgos,
limpios de otro deseo,
35 el sol, mi dios, la noche rumorosa,
la lluvia, intimidad de siempre,
el bosque y su alentar pagano,
el mar, el mar como su nombre hermoso;
y sobre todos ellos,
40 cuerpo oscuro y esbelto,
te encuentro a ti, tú, soledad tan mía,
y tú me das fuerza y debilidad
como al ave cansada los brazos de la piedra.

Acodado al balcón miro insaciable el oleaje,
45 oigo sus oscuras imprecaciones[2],
    contemplo sus blancas caricias;
    y erguido desde cuna vigilante
    soy en la noche un diamante que gira advirtiendo a los
                hombres,
    por quienes vivo, aun cuando no los vea;
50 y así, lejos de ellos,
    ya olvidados sus nombres, los amo en muchedumbres,
    roncas y violentas como el mar, mi morada,
    puras ante la espera de una revolución ardiente
    o rendidas y dóciles, como el mar sabe serlo
55 cuando toca la hora de reposo que su fuerza
                conquista.

    Tú, verdad solitaria,
    transparente pasión, mi soledad de siempre,
    eres inmenso abrazo;
    el sol, el mar,
60 la oscuridad, la estepa,
    el hombre y su deseo,
    la airada muchedumbre,
    ¿qué son sino tú misma?

    Por ti, mi soledad, los busqué un día;
65 en ti, mi soledad, los amo ahora.

---

[2]Imprecar: Proferir palabras con que se expresa el vivo deseo de que
alguien sufra mal o daño.

GERARDO DIEGO

Hojas (1989)

VERSOS (1919)

Versos, versos, más versos,
versos
para hombres buenos, sublimes de ideales
5 y para los perversos;
versos
para los filisteos, torpes e irremisibles
y los poetas de los lagos tersos.
Versos
10 en los anversos
y en los reversos
de los papeles sueltos y dispersos
Versos
para los infieles, para los apóstatas[1],
15 para los conversos,
para los hombres justos
y para los inversos;
versos, versos, más versos,
poetas, siempre versos.
20 Ahoguemos con versos
a los positivistas,
dejándolos sumersos
bajo la enorme ola de los versos,
en ella hundidos, náufragos, inmersos.

---

[1]Apóstatas: Personas que cometen apostasía, es decir, que niegan la fe de Jesucristo recibida en el bautismo.

25 Versos
en el santo trabajo cotidiano
y en los momentos tránsfugas[2], transversos.
Versos tradicionales
y versos nuevos, raros y diversos.
30 Versos,
versos,
más versos,
versos,
versos
35 y versos,
siempre versos.

---

[2]Tránsfugas: Que pasan de una ideología o colectividad a otra.

Romancero de la novia (1920)

ELLA

¿No la conocéis? Entonces
imaginadla, soñadla.
¿Quién será capaz de hacer
el retrato de la amada?

5 Yo sólo podría hablaros
vagamente de su lánguida[1]
figura, de su aureola
triste, profunda y romántica.

10 Os diría que sus trenzas
rizadas sobre la espalda
son tan negras que iluminan
en la noche. Que cuando anda,

15 no parece que se apoya,
flota, navega, resbala...
Os hablaría de un gesto
muy suyo... de sus palabras,

---

[1] Lánguida: adj. Flaco, débil, fatigado.

20   a la vez desdén y mimo,
     a un tiempo reproche y lágrimas,
     distantes como en un éxtasis[2],
     como en un beso cercanas...

25   Pero no: cerrad los ojos,
     imaginadla, soñadla,
     reflejada en el cambiante
     espejo de vuestra alma.

---

[2]Éxtasis: Estado del alma enteramente embargada por un sentimiento de admiración, alegría, etc.

Imagen (1922)

COLUMPIO

A caballo en el quicio del mundo
un soñador jugaba al sí y al no

Las lluvias de colores
emigraban al país de los amores

5   Bandadas de flores
Flores de sí   Flores de no

                    Cuchillos en el aire
                    que le rasgan las carnes
                    forman un puente

10 Sí   No

                    Cabalga el soñador
                    Pájaros arlequines

cantan el sí   cantan el no

ROSA MÍSTICA

Era ella

                Y nadie lo sabía

Pero cuando pasaba
los árboles se arrodillaban

5 Anidaba en sus ojos
             el ave maría
  y en su cabellera
             se trenzaban las letanías

Era ella   Era ella

10 Me desmayé en sus manos
    como una hoja muerta

             sus manos ojivales[1]
         que daban de comer a las estrellas

Por el aire volaban
15 romanzas[2] sin sentido

             Y en su almohada de pasos
         me quedé dormido.

---

[1]Ojivales: adj. De forma de ojiva, es decir, figura formada por dos arcos de círculo iguales, que se cortan en uno de sus extremos.
[2]Romanzas: Composición de carácter sencillo y tierno.

Soria (1923)

ROMANCE DEL DUERO

Río Duero, río Duero,
nadie a acompañarte baja,
nadie se detiene a oír
tu eterna estrofa de agua.

5 Indiferente o cobarde
la ciudad vuelve la espalda.
No quiere ver en tu espejo
su muralla desdentada.

Tú, viejo Duero, sonríes
10 entre tus barbas de plata,
moliendo con tus romances
las cosechas mal logradas.

Y entre los santos de piedra
y los álamos de magia
15 pasas llevando en tus ondas
palabras de amor, palabras.

Quién pudiera como tú,
a la vez quieto y en marcha,
cantar siempre el mismo verso
20 pero con distinta agua.

Río Duero, río Duero,
nadie a estar contigo baja,
ya nadie quiere atender
tu eterna estrofa olvidada,

25 sino los enamorados
que preguntan por sus almas
y siembran en tus espumas
palabras de amor, palabras.

Manual de espumas (1924)

PANORAMA

El cielo está hecho con lápices de colores
Mi americana intacta no ha visto los amores
Y nacido en las manos del jardinero
el arco iris riega los arbustos exteriores

5 Un pájaro perdido anida en mi sombrero

Las parejas de amantes marchitan el parquet

Y se oyen débilmente las órdenes de Dios
que juega consigo mismo al ajedrez

Los niños cantan por abril
10 La nube verde y rosa ha llegado a la meta
Yo he visto nacer flores
entre las hojas del atril
y al cazador furtivo matar una cometa

En su escenario nuevo ensaya el verano
15 y en un rincón del paisaje
la lluvia toca el piano

RECITAL

Por las noches el mar vuelve a mi alcoba
y en mis sábanas mueren las más jóvenes olas

No se puede dudar
del ángel volandero
5   ni del salto de agua   corazón de la pianola

La mariposa nace del espejo
y a la luz derivada del periódico
yo no me siento viejo

Debajo de mi lecho
10   pasa el río
y en la almohada marina
cesa ya de cantar el caracol vacío

Versos humanos (1925)

A Ángel del Río

EL CIPRÉS DE SILOS

Enhiesto surtidor de sombra y sueño
que acongojas el cielo con tu lanza.
Chorro que a las estrellas casi alcanza
devanado a sí mismo en loco empeño.

5   Mástil de soledad, prodigio isleño;
flecha de fe, saeta de esperanza.
Hoy llegó a ti, riberas del Arlanza,
peregrina al azar, mi alma sin dueño.

Cuando te vi, señero, dulce, firme,
10 qué ansiedades sentí de diluirme
y ascender como tú, vuelto en cristales,

como tú, negra torre de arduos filos,
ejemplo de delirios verticales,
mudo ciprés en el fervor de Silos.

Alondra de verdad (1941)

INSOMNIO

Tú y tu desnudo sueño. No lo sabes.
Duermes. No. No lo sabes. Yo en desvelo,
y tú, inocente, duermes bajo el cielo.
Tú por tu sueño y por el mar las naves.

5   En cárceles de espacio, aéreas llaves
te me encierran, recluyen, roban. Hielo,
cristal de aire en mil hojas. No. No hay vuelo
que alce hasta ti las alas de mis aves.

Saber que duermes tú, cierta, segura
10 —cauce fiel de abandono, línea pura—,
tan cerca de mis brazos maniatados.

Qué pavorosa esclavitud de isleño,
yo insomne, loco, en los acantilados,
las naves por el mar, tú por tu sueño.

Amor solo (1952)

AMOR SOLO

Sólo el Amor me guía.
Sólo el Amor y no ya la Esperanza,
sólo el Amor y ni la Fe siquiera.
El Amor solo.

5 Tú, amada, a quién amé
y no sé si desamo;
vosotras, mis amantes, que me amasteis,
que me amáis todavía, que ancorasteis
de ancla o de cruz de amor hasta la muerte
10 vuestros leales corazones míos:
quedaos lejos, más lejos. E invisible,
ya irreal, fantasmal, tú, mi penúltima,
lejos, más lejos, no te necesito.

Es el Amor, solo el Amor, sin nadie,
15 quien se mueve y me embriaga y me libera
y en su reino de luz soy todo alas.
Amor, Amor, por fin te veo y te creo.
Veo, toco tu faz sin antifaces.
Sí, ya eres tú, la fiera de tus ojos
20 sigue siendo la misma, la que ardía
—taimada[1] y doble ascua, infierno en cielo—

---

[1]Taimada: adj. Astuta, disimulada y pronta en advertirlo todo.

233

asomando a la tela sin pestañas
—cerco de ojales crueles de tijera—
de las sedas extrañas que abultaban
25 narices deshonestas, que a las bocas
no querían cubrir, pozos impúdicos
si abiertas, flores si cerradas,
vírgenes flores misteriosas, serias.

Pero tú, mi Amor solo, tú, mi pascua,
30 fuiste dejando deshojar el lastre
de tus sedosas máscaras: la verde,
la de rústica rosa ensangrentada,
la de amarilla palidez dulcísima,
la negra acuchillada de fulgores.
35 Mis manos, torpes, las acariciaban,
querían desgajarlas, pero en vano.
Ellas reían o quizá lloraban,
mientras mis dedos patinaban sedas
y ni un pliegue fruncían.

Y, ensortijando atrás cabellos de humo,
40 del enigma luzbel[2] se consolaban.
Tú, mi incesante, océano sin fondo
bajo la espuma varia de colores,
esperabas la fecha, mi desánimo,
45 mi reniego y renuncia,

---

[2] Luzbel: Nombre bíblico del ángel rebelde (el demonio).

mi cerrar de ojos crédulos,
para calladamente desprenderte
de la hoja o antifaz, roto el pedúnculo[3].
Y al alzar yo mis párpados
50 no te reconocía.
Tardaba en darme cuenta meses, años,
de que era un nuevo carnaval, un símbolo
de otro matiz quien con los mismos ojos
—de otro timbre también pero la luz
55 magnética la misma— mujer nueva,
eterno amor mentido, me esperaba.

No, Amor sin ella, Amor definitivo,
mi Amor, ya para siempre y descubierto,
Amor vacante, Amor o acaso Muerte,
60 mi antiyó, mi antivida,
tú, mi Amor, mío, eternidad lograda,
cielo en la tierra, ancla de Dios
descendida a mi arena submarina
entre un fragor sublime de cadenas.

65 No. Tú, Amor mío, no eres ellas, no,
sino quien tras de ellas se escondía.
Y yo, en tu rayo y rayo, yo en tu hierro,
celeste Amor después de las mujeres,
—oh revés, mascarilla de la amada,
70 cóncavo encuentro de último infinito—
yo, vaciado en ti, tu forma beso.

---

[3]Pedúnculo: Pezón de la hoja, flor o fruto.

Sonetos a Violante (1962)

LA VENUS DEL ESPEJO

Pensemos en la muerte enamorada,
la muerte que es la espalda de la vida
o su pecho quizás, ida o venida,
que hasta abrazarla no sabremos nada.

5   Creemos que la vida es nuestra amada,
que la besamos en la frente ardida
y que detrás hay una nuca hundida
que acaricia la mano transtornada.

Y vivimos tal vez frente a un desnudo,
10 una espalda hermosísima o escudo,
la Venus del espejo de la muerte.

Más allá, al fondo, sus dos ojos brillan
de malicia o de amor, nos acribillan.
Oh Venus, ven, que quiero poseerte.

Versos divinos (1971)

CANCIÓN AL NIÑO JESÚS

Si la palmera pudiera
volverse tan niña, niña,
como cuando era una niña
con cintura de pulsera.
5   Para que el Niño la viera…

—Si la palmera tuviera
las patas del borriquillo,
las alas de Gabrielillo.
Para cuando el Niño quiera,
10   correr, volar a su vera…

—Que no, que correr no quiere
      el Niño,
que lo que quiere es dormirse
y es, capullito, cerrarse
15   para soñar con su madre.
Y lo sabe la palmera…

—Si la palmera supiera
que sus palmas algún día…
—Si la palmera supiera
20   por qué la Virgen María
la mira…
        Si ella tuviera…

—Si la palmera pudiera…

       —La palmera…

Cementerio civil (1972)

LAS ESTACIONES
Homenaje a Haydn

La primavera

La primavera era
¿cómo era la primavera?
Nadie vio la primera primavera
Duerme duerme. No despertéis su sueño
5   Duerme bajo la tierra
la aún indecisa niña
Duerme bajo la orquesta la brisa de la flauta
Duermen bajo la nieve los dedos de la hierba
y a grandes aletazos huyen las pardas nubes

10   La primera flor en la frente de marzo
La primera hoja en los labios de abril
El primer amor en el pecho de mayo

Primer amor
Trepa la escala el insecto violín
15   Primera hoja
Tiembla en la rama la voz que se estrena
Primera flor
Tañe en el aire el aroma a amarillo
El grillo el grillo el grillo

20 Cómo huele a frescor de cueva y élitro[1]
    Cómo zumba el pianísimo
    del coro en vuelo de los abejorros

    Pues cuando mayo llega
    se tienen siempre 18 años
25 los primeros los únicos 18 años
    y toda primavera es la primera
    y todo amor es autobiografía
    Misterio de la luz en las ventanas
    y desacuerdo de altas disonancias

---

[1]Élitro: Cada una de las dos alas anteriores de los Ortópteros y Coleópteros, las cuales se han endurecido y en muchos casos han quedado convertidas en gruesas láminas córneas, por ejemplo, las del grillo.

30 que navegan felices al nordeste
diciendo prometiendo a toda brisa
que sí que sí que sí
y cabecean alzan hunden
los imantados
35 anillados en plata botalones[2]

Sólo por disonancias va lográndose
la cadencia perfecta en ensenada
y no hay más hoy que ayer y que mañana
Todo vive en el fue y en el será
40 y por eso de mesana[3] a bauprés[4]
de la fuga al preludio y al revés
la primavera patina divina
la primavera que nunca es
que siempre volverá
45 que siempre era
la prima del violín la primavera.

---

[2]Botalones: Palos largos que se sacan hacia la parte exterior de la embarcación cuando conviene, para varios usos.
[3]Mesana: Mástil que está más a popa en el buque de tres palos. Vela que va contra este mástil envergada en un cangrejo.
[4]Bauprés: Palo grueso, horizontal o algo inclinado, de la proa de los barcos.

FEDERICO GARCÍA LORCA

Libro de poemas (1921)

BALADA UN DÍA DE JULIO

Esquilones de plata
llevan los bueyes.

—¿Dónde vas, niña mía,
de sol y nieve?

5   —Voy a las margaritas
del prado verde.

—El prado está muy lejos
y miedo tienes.

—Al airón y a la sombra
10 mi amor no teme.

—Teme al sol, niña mía,
de sol y nieve.

—Se fue de mis cabellos
ya para siempre.

15 —¿Quién eres, blanca niña?
¿De dónde vienes?

—Vengo de los amores
y de las fuentes.

Esquilones de plata
20 llevan los bueyes.

—¿Qué llevas en la boca
que se te enciende?

—La estrella de mi amante
que vive y muere.

25 —¿Qué llevas en el pecho
tan fino y leve?

—La espada de mi amante
que vive y muere.

—¿Qué llevas en los ojos,
30 negro y solemne?

—Mi pensamiento triste
que siempre hiere.

—¿Por qué llevas un manto
negro de muerte?

35 —¡Ay, yo soy la viudita,
triste y sin bienes,
del conde de Laurel
de los Laureles!

—¿A quién buscas aquí
40 si a nadie quieres?

—Busco el cuerpo del conde
de los Laureles.

—¿Tú buscas el amor,
viudita aleve[1]?
45 Tú buscas un amor
que ojalá encuentres.

Estrellitas del cielo
son mis quereres.
¿Dónde hallaré a mi amante
50 que vive y muere?

—Está muerto en el agua,
niña de nieve,
cubierto de nostalgias
y de claveles.

55 —¡Ay!, caballero errante
de los cipreses,

---

[1]Aleve: adj. alevoso, es decir, que comete alevosía.

una noche de luna
mi alma te ofrece.

—¡Ah Isis soñadora!
60 Niña sin mieles,
la que en boca de niños
su cuento vierte.
Mi corazón te ofrezco,
corazón tenue,
65 herido por los ojos
de las mujeres.

—Caballero galante,
con Dios te quedes.
Voy a buscar al conde
70 de los Laureles…

—Adiós, mi doncellita,
rosa durmiente,
tú vas para el amor,
y yo a la muerte.

75 Esquilones de plata
llevan los bueyes.

Mi corazón desangra
como una fuente.

Canciones (1927)

ADELINA DE PASEO

La mar no tiene naranjas,
ni Sevilla tiene amor.
Morena, qué luz de fuego.
Préstame tu quitasol.

5   Me pondrá la cara verde
–zumo de lima y limón–,
tus palabras –pececillos–
nadarán alrededor.

La mar no tiene naranjas.
10 Ay, amor.
¡Ni Sevilla tiene amor!

ARBOLÉ ARBOLÉ

Arbolé arbolé
seco y verdé.

La niña del bello rostro
está cogiendo aceituna.
5   El viento, galán de torres,
la prende por la cintura.
Pasaron cuatro jinetes,
sobre jacas andaluzas
con trajes de azul y verde,
10   con largas capas oscuras.
"Vente a Córdoba, muchacha."
La niña no los escucha.
Pasaron tres torerillos
delgaditos de cintura,
15   con trajes color naranja
y espadas de plata antigua
"Vente a Sevilla, muchacha."
La niña no los escucha.
Cuando la tarde se puso
20   morada, con luz difusa,
pasó un joven que llevaba
rosas y mirtos de luna.

"Vente a Granada, muchacha."
Y la niña no lo escucha.
25 La niña del bello rostro
sigue cogiendo aceituna,
con el brazo gris del viento
ceñido por la cintura.

Arbolé arbolé
30 seco y verdé.

DESPEDIDA

Si muero,
dejad el balcón abierto.

El niño come naranjas.
(Desde mi balcón lo veo.)

5   El segador siega el trigo.
(Desde mi balcón lo siento.)

¡Si muero,
dejad el balcón abierto!

CANCIÓN DEL JINETE

Córdoba.
Lejana y sola.

Jaca negra, luna grande,
y aceitunas en mi alforja.
5 Aunque sepa los caminos
yo nunca llegaré a Córdoba.

Por el llano, por el viento,
jaca negra, luna roja.
La muerte me está mirando
10 desde las torres de Córdoba.

¡Ay qué camino tan largo!
¡Ay mi jaca valerosa!
¡Ay que la muerte me espera,
antes de llegar a Córdoba!

15 Córdoba.
Lejana y sola.

MI NIÑA SE FUE A LA MAR

Mi niña se fue a la mar,
a contar olas y chinas[1],
pero se encontró, de pronto,
con el río de Sevilla.

5   Entre adelfas y campanas
cinco barcos se mecían,
con los remos en el agua
y las velas en la brisa.

  ¿Quién mira dentro de la torre
10   enjaezada[2] de Sevilla?
Cinco voces contestaban
redondas como sortijas.

El cielo monta gallardo
al río, de orilla a orilla.
15   En el aire sonrosado,
cinco anillos se mecían.

---

[1]Chinas: Piedrecitas.
[2]Enjaezada: Adornada.

Romancero gitano (1928)

ROMANCE DE LA PENA NEGRA

A José Navarro Pardo

Las piquetas de los gallos
cavan buscando la aurora,
cuando por el monte oscuro
baja Soledad Montoya.
5 Cobre amarillo, su carne,
huele a caballo y a sombra.
Yunques ahumados sus pechos,
gimen canciones redondas.
Soledad: ¿por quién preguntas
10 sin compaña y a estas horas?
Pregunte por quien pregunte,
dime: ¿a ti qué se te importa?
Vengo a buscar lo que busco,
mi alegría y mi persona.
15 Soledad de mis pesares,
caballo que se desboca,
al fin encuentra la mar
y se lo tragan las olas.
No me recuerdes el mar
20 que la pena negra brota
en las tierras de aceituna
bajo el rumor de las hojas.
¡Soledad, qué pena tienes!

¡Qué pena tan lastimosa!
25 Lloras zumo de limón
agrio de espera y de boca.
¡Qué pena tan grande! Corro
mi casa como una loca,
mis dos trenzas por el suelo
30 de la cocina a la alcoba.
¡Qué pena! Me estoy poniendo
de azabache, carne y ropa.
¡Ay mis camisas de hilo!
¡Ay mis muslos de amapola!
35 Soledad: lava tu cuerpo
con agua de las alondras,
y deja tu corazón
en paz, Soledad Montoya.

Por debajo canta el río:
40 volante de cielo y hojas.
Con flores de calabaza,
la nueva luz se corona.
¡Oh pena de los gitanos!
Pena limpia y siempre sola.
45 ¡Oh pena de cauce oculto
y madrugada remota!

ROMANCE SONÁMBULO

A Gloria Giner y a Fernando de los Ríos

Verde que te quiero verde.
Verde viento. Verdes ramas.
El barco sobre el mar
y el caballo en la montaña.
5 Con la sombra en la cintura,
ella sueña en su baranda
verde carne, pelo verde,
con ojos de fría plata.
Verde que te quiero verde.
10 Bajo la luna gitana,
las cosas la están mirando
y ella no puede mirarlas.

Verde que te quiero verde.
Grandes estrellas de escarcha,
15 vienen con el pez de sombra
que abre el camino del alba.
La higuera frota su viento
con la lija de sus ramas,
y el monte, gato garduño[1],
20 eriza sus pitas agrias.

---

[1]Garduño: Ratero que hurta con maña y disimulo.

¿Pero quién vendrá? ¿Y por dónde?...
Ella sigue en su baranda
verde carne, pelo verde,
soñando en la mar amarga.

25 Compadre, quiero cambiar,
mi caballo por su casa,
mi montura por su espejo,
mi cuchillo por su manta.
Compadre, vengo sangrando,
30 desde los puertos de Cabra.
Si yo pudiera, mocito,
este trato se cerraba.
Pero yo ya no soy yo,
ni mi casa es ya mi casa.
35 Compadre, quiero morir
decentemente en mi cama.
De acero, si puede ser,
con las sábanas de holanda.
¿No ves la herida que tengo
40 desde el pecho a la garganta?
Trescientas rosas morenas
lleva tu pechera blanca.
Tú sangre rezuma y huele
alrededor de tu faja.
45 Pero yo ya no soy yo.
Ni mi casa es ya mi casa.

Dejadme subir al menos
hasta las altas barandas,
¡dejadme subir!, dejadme
50 hasta las verdes barandas.
Barandales de la luna
por donde retumba el agua.
Ya suben los dos compadres
hacia las altas barandas.
55 Dejando un rastro de sangre.
Dejando un rastro de lágrimas.
Temblaban en los tejados
farolillos de hojalata.
Mil panderos de cristal,
60 herían la madrugada.

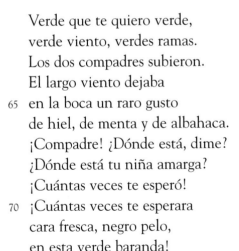

Verde que te quiero verde,
verde viento, verdes ramas.
Los dos compadres subieron.
El largo viento dejaba
65 en la boca un raro gusto
de hiel, de menta y de albahaca.
¡Compadre! ¿Dónde está, dime?
¿Dónde está tu niña amarga?
¡Cuántas veces te esperó!
70 ¡Cuántas veces te esperara
cara fresca, negro pelo,
en esta verde baranda!

Sobre el rostro del aljibe,
se mecía la gitana.
75 Verde carne, pelo verde,
con ojos de fría plata.
Un carámbano de luna,
la sostiene sobre el agua.
La noche se puso íntima
80 como una pequeña plaza.
Guardias civiles borrachos,
en la puerta golpeaban.
Verde que te quiero verde.
Verde viento. Verdes ramas
85 El barco sobre la mar.
Y el caballo en la montaña.

Poemas del cante jondo (1931)

BALADILLA DE LOS TRES RÍOS

El río Guadalquivir
va entre naranjos y olivos.
Los dos ríos de Granada
bajan de la nieve al trigo.

5 ¡Ay, amor
que se fue y no vino!

El río Guadalquivir
tiene las barbas granates.
Los dos ríos de Granada
10 uno llanto y otro sangre.

¡Ay, amor
que se fue por el aire!

Para los barcos de vela,
Sevilla tiene un camino;
15 por el agua de Granada
sólo reman los suspiros.

¡Ay, amor
que se fue y no vino!

Guadalquivir, alta torre
20 y viento en los naranjales.
Dauro y Genil, torrecillas
muertas sobre los estanques.

¡Ay, amor
que se fue por el aire!

25 ¡Quién dirá que el agua lleva
un fuego fatuo de gritos!

¡Ay, amor
que se fue y no vino!

Lleva azahar, lleva olivas,
30 Andalucía, a tus mares.

¡Ay, amor
que se fue por el aire!

Llanto por Ignacio Sánchez Mejías (1935)

LA COGIDA Y LA MUERTE

A las cinco de la tarde.
Eran las cinco en punto de la tarde.
Un niño trajo la blanca sábana
a las cinco de la tarde.
5 Una espuerta de cal ya prevenida
a las cinco de la tarde.
Lo demás era muerte y sólo muerte
a las cinco de la tarde.

El viento se llevó los algodones
10 *a las cinco de la tarde.*
Y el óxido sembró cristal y níquel
a las cinco de la tarde.
Ya luchan la paloma y el leopardo
a las cinco de la tarde.
15 Y un muslo con un asta desolada
a las cinco de la tarde.
Comenzaron los sones del bordón[1]
a las cinco de la tarde.
Las campanas de arsénico y de humo
20 *a las cinco de la tarde.*
¡Y el toro solo corazón arriba!
a las cinco de la tarde.

---

[1]Bordón: Cuerda de guitarra.

Cuando el sudor de nieve fue llegando
a las cinco de la tarde.
25 Cuando la plaza se cubrió de yodo
a las cinco de la tarde.
La muerte puso huevos en la herida
a las cinco de la tarde.
A las cinco de la tarde.
30 *A las cinco en punto de la tarde.*

Un ataúd con ruedas es la cama
a las cinco de la tarde.
Huesos y flautas suenan en su oído
a las cinco de la tarde.
35 El toro ya mujía por su frente
a las cinco de la tarde.
El cuarto se irisaba de agonía
a las cinco de la tarde.
A lo lejos ya viene la gangrena
40 *a las cinco de la tarde.*
Trompa de lirio por las verdes ingles
a las cinco de la tarde.
Las heridas quemaban como soles
a las cinco de la tarde.
45 El gentío rompía las ventanas
a las cinco de la tarde.
A las cinco de la tarde.
¡Ay qué terribles cinco de la tarde!
¡Eran las cinco en todos los relojes!
50 ¡Eran las cinco en sombra de la tarde!

LA SANGRE DERRAMADA
(fragmento)

No se cerraron sus ojos
cuando vio los cuernos cerca,
pero las madres terribles
levantaron la cabeza.
5 Y a través de las ganaderías,
hubo un aire de voces secretas
que gritaban a toros celestes,
mayorales de pálida niebla.
No hubo príncipe en Sevilla
10 que comparársele pueda,
ni espada como su espada,
ni corazón tan de veras.
Como un río de leones
su maravillosa fuerza,
15 y como un torso de mármol
su dibujada prudencia.
Aire de Roma andaluza
le doraba la cabeza
donde su risa era un nardo
20 de sal y de inteligencia.

¡Qué gran torero en la plaza!
¡Qué gran serrano en la sierra!
¡Qué blando con las espigas!
¡Qué duro con las espuelas!
25 ¡Qué tierno con el rocío!
¡Qué deslumbrante en la feria!
¡Qué tremendo con las últimas
banderillas de tiniebla!

Poeta en Nueva York (1940)

LA AURORA

La aurora de Nueva York tiene
cuatro columnas de cieno
y un huracán de negras palomas
que chapotean las aguas podridas.

5   La aurora de Nueva York gime
por las inmensas escaleras
buscando entre las aristas
nardos de angustia dibujada.

La aurora llega y nadie la recibe en su boca
10 porque allí no hay mañana ni esperanza posible.
A veces las monedas en enjambres furiosos
taladran y devoran abandonados niños.

Los primeros que salen comprenden con sus huesos
que no habrá paraísos ni amores deshojados;
15 saben que van al cieno de números y leyes,
a los juegos sin arte, a sudores sin fruto.

La luz es sepultada por cadenas y ruidos
en impúdico reto de ciencia sin raíces.
Por los barrios hay gentes que vacilan insomnes
20 como recién salidas de un naufragio de sangre.

Diván de tamarit (1940)

GACELA DEL AMOR DESESPERADO

La noche no quiere venir
para que tú no vengas,
ni yo pueda ir.

Pero yo iré
5   aunque un sol de alacranes me coma la sien
Pero tú vendrás
con la lengua quemada por la lluvia de sal.

El día no quiere venir
para que tú no vengas,
10   ni yo pueda ir.

Pero yo iré
entregando a los sapos mi mordido clavel.
Pero tú vendrás
por las turbias cloacas de la oscuridad.

15   Ni la noche ni el día quieren venir
para que por ti muera
y tú mueras por mí.

Sonetos del amor oscuro (1984)

EL POETA PIDE A SU AMOR QUE LE ESCRIBA

Amor de mis entrañas, viva muerte,
en vano espero tu palabra escrita
y pienso, con la flor que se marchita,
que si vivo sin mí quiero perderte.

5 El aire es inmortal. La piedra inerte
ni conoce la sombra ni la evita.
Corazón interior no necesita
la miel helada que la luna vierte.

Pero yo te sufrí. Rasgué mis venas,
10 tigre y paloma, sobre tu cintura
en duelo de mordiscos y azucenas.

Llena pues de palabras mi locura
o déjame vivir en mi serena
noche del alma para siempre oscura.

JORGE GUILLÉN

Cántico (1928)

MIENTRAS EL AIRE ES NUESTRO

Respiro,
Y el aire en mis pulmones
Ya es saber, ya es amor, ya es alegría,
Alegría entrañada
5 Que no se me revela
Sino como un apego
Jamás interrumpido
—De tan elemental—
A la gran sucesión de los instantes
10 En que voy respirando,
Abrazándome a un poco
De la aireada claridad enorme.

Vivir, vivir, raptar —de vida a ritmo—
Todo este mundo me exhibe el aire,
15 Ese —Dios sabe cómo— preexistente
Más allá
Que a la meseta de los tiempos alza
Sus dones para mí porque respiro,
Respiro instante a instante,
20 En contacto acertado
Con esa realidad que me sostiene,
Me encumbra,
Y a través de estupendos equilibrios
Me supera, me asombra, se me impone.

MAS ALLÁ

I

(El alma vuelve al cuerpo,
Se dirige a los ojos
Y choca.) –¡Luz! Me invade
Todo mi ser. ¡Asombroso!

5   Intacto aún, enorme,
Rodea el tiempo. Ruidos
Irrumpen. ¡Cómo saltan
Sobre los amarillos

Todavía no agudos
10   De un sol hecho ternura
De rayo alboreado
Para estancia difusa,

Mientras van presentándose
Todas las consistencias
15   Que al disponerse en cosas
Me limitan, me centran!

¡Hubo un caos? Muy lejos
De su origen, me brinda
Por entre hervor de luz
20   Frescura en chispas. ¡Día!

Una seguridad
Se extiende, cunde, manda.
El esplendor aploma
La insinuada mañana.

25   Y al mañana pesa,
Vibra sobre mis ojos,
Que volverán a ver
Lo extraordinario: todo.

Todo está concentrado
30   Por siglos de raíz
Dentro de este minuto,
Eterno y para mí.

Y sobre los instantes
Que pasan de continuo
35   Voy salvando el presente,
Eternidad en vilo.

Corre la sangre, corre
Con fatal avidez.
A ciegas acumulo
40   Destino: quiero ser.

Ser, nada más. Y basta,
Es la absoluta dicha.
¡Con la esencia en silencio
Tanto se identifica!

45 ¡Al azar de las suertes
Únicas de un tropel
Surgir entre los siglos,
Alzarse con el ser,

Y a la fuerza a fundirse
50 Con la sonoridad
Más tenaz: sí, sí, sí,
La palabra de mar!

Todo me comunica,
Vencedor, hecho mundo,
55 Su brío[1] para ser
De veras real, en triunfo.

Soy, más, estoy. Respiro.
Lo profundo es el aire.
La realidad me inventa,
60 Soy su leyenda. ¡Salve!

---

[1]Brío: Pujanza, fuerza.

LOS RECUERDOS

¿Qué fue de aquellos días que cruzaron veloces,
Ay, por el corazón? Infatigable a ciegas,
Es él por fin quien gana. ¡Cuántos últimos goces!
¡Oh tiempo: con tu fuga en mi corazón anegas!

SALVACIÓN DE LA PRIMAVERA

I

Ajustada a la sola
Desnudez de tu cuerpo,
Entre el aire y la luz
Eres puro elemento.

5   ¡Eres! Y tan desnuda,
Tan continua, tan simple
Que el mundo vuelve a ser
Fábula irresistible.

En torno, forma a forma,
10 Los objetos diarios
Aparecen. Y son
Prodigios, y no mágicos.

Incorruptibles dichas,
Del sol indisolubles,
15 A través de un cristal
La evidencia difunde

Con todo el esplendor
Seguro en astro cierto.
Mira como esta hora
20 Marcha por esos cielos.

PERFECCIÓN

Queda curvo el firmamento,
Compacto azul, sobre el día.
Es el redondeamiento
Del esplendor: mediodía.
5 Todo es cúpula. Reposa,
Central sin querer, la rosa,
A un sol en cenit sujeta.
Y tanto se da el presente
Que el pie caminante siente
10 La integridad del planeta.

LA ROSA

A Juan Ramón Jiménez

Yo vi la rosa: clausura
Primera de la armonía,
Tranquilamente futura.
Su perfección sin porfía
5 Serenaba al ruiseñor,
Cruel en el esplendor
Espiral del gorgorito.
Y al aire ciño el espacio
Con plenitud de palacio,
10 Y fue ya imposible el grito.

LAS DOCE EN EL RELOJ

–Dije: Todo ya pleno.
Un álamo vibró.
Las hojas plateadas
Sonaron con amor.
5   Los verdes eran grises,
El amor era sol.
Entonces, mediodía,
Un pájaro sumió
Su cantar en el viento
10   Con tal adoración
Que se sintió cantada
Bajo el viento la flor
Crecida entre las mieses[1],
Más altas. Era yo,
15   Centro en aquel instante
De tanto alrededor,
Quien lo veía todo
Completo para un dios.
–Dije: Todo, completo.
20   ¡Las doce en el reloj!

---

[1]Mies: Cereal de cuya semilla se hace el pan.

MUERTE A LO LEJOS

Je soutenais l'éclat de la mort toute pure.
                                                    Valéry

Alguna vez me angustia una certeza,
Y ante mí se estremece mi futuro.
Acechándolo está de pronto un muro
Del arrabal final en que tropieza

5   La luz del campo. ¿Mas habrá tristeza
Si la desnuda el sol? No, no hay apuro
Todavía.. Lo urgente es el maduro
Fruto. La mano ya lo descorteza.

... Y un día entre los días el más triste
10 Será. Tenderse deberá la mano
Sin afán. Y acatando el inminente
Poder diré sin lágrimas: embiste,
Justa fatalidad. El muro cano
Va a imponerme su ley, no su accidente.

Clamor (1957)

LOS INTRANQUILOS

Somos los hombres tranquilos
  En sociedad.
Ganamos, gozamos, volamos.
  ¡Qué malestar!

5 El mañana asoma entre nubes
  De un cielo turbio
Con alas de arcángeles-átomos
  Como un anuncio.

Estamos siempre a la merced
10   De una cruzada.
Por nuestras venas corre sangre
  De catarata.

Así vivimos sin saber
  Si el aire es nuestro.
15 Quizá muramos en la calle,
  Quizás en el lecho.

Somos entre tanto felices.
  Seven o'clock.
Todo es bar y delicia oscura.
20 ¡Televisión!

AQUELLOS VERANOS

Lentos veranos de niñez
Con monte y mar, con horas tersas,
Horas tendidas sobre playas
Entre los juegos de la arena,
5 Cuando el aire más ancho y libre
Nunca embebe nada que muera,
Y se ahondan los regocijos
En luz de vacación sin tregua,
El porvenir no tiene término,
10 La vida es lujo y va muy lenta.

MUERTE DE UNOS ZAPATOS

¡Se me mueren! Han vivido
Con fidelidad: cristianos
Servidores que se honran
Y disfrutan ayudando,

5   Complaciendo a su señor,
Un caminante cansado,
A punto de preferir
La quietud de pies y ánimo.

Saben estas suelas. Saben
10 De andaduras palmo a palmo,
De intemperies descarriadas
Entre barros y guijarros.

Languidece en este cuero
Triste su matiz, antaño
15 Con sencillez el primor
De algún día engalanado.

Todo me anuncia una ruina
Que se me escapa. Quebranto
Mortal corroe el decoro.
20 Huyen. ¡Espectros-zapatos!

MAR EN BREGA[1]

Otra vez te contemplo, mar en brega
Sin pausa de oleaje ni de espuma,
Y otra vez tu espectáculo me abruma
Con esa valentía siempre ciega.

5 Bramas, y tu sentido se me niega,
Y ya ante el horizonte se me esfuma
Tu inmensidad, y en una paz o suma
De forma no termina tu refriega.

Corren los años, y tu azul, tu verde
10 Sucesivos persisten siempre mozos
A través de su innúmera mudanza.

Soy yo quien con el tiempo juega y pierde,
Náufrago casi entre los alborozos
De este oleaje en que mi vida avanza.

---

[1]Bregar: Luchar, reñir.

Homenaje (1967)

EL BALANCE

Pasan los años y el fatal balance
Se impone ya los más desprevenidos.
¿Qué me propuse, qué logré, qué alcance
Tuvieron mi agudeza, mis sentidos?

5 Es inútil que un modo siempre astuto
De mentirme despliegue sus sofismas[1].
Con la verdad al fin ya no discuto.
Mis ilusiones hoy no son las mismas.

¿Me queda la ilusión de ser yo mismo
10 Quien vale más que el propio resultado?
La experiencia retorna al catecismo.
Mi ser es mi vivir acumulado.

Si se perdió un gran don, si no fue nada,
Para consuelo crecerá el orgullo.
15 Una potencia así despilfarrada
Favorece monólogo y murmullo.

El de veras humilde pone el peso
De su ser en su hacer: yo soy mi suma.
De pretensión a realidad regreso.
20 Pulso del oleaje esfuma espuma.

---

[1] Sofisma: Razón o argumento aparente con que se quiere defender o persuadir lo que es falso.

Final (1981)

FUERA DEL MUNDO

Cuanto nosotros somos y tenemos
Forma un curso que va a su desenlace:
La pérdida total.
        No es un fracaso.
Es el término justo de una Historia.
5   Historia sabiamente organizada.
Si naces, morirás. ¿De qué te quejas?
Sean los dioses, ellos, inmortales.

Natural que, por fin, decline y me consuma.
Haya muerte serena entre los míos.
10 Algún día –¿tal vez penosamente?–
Me dormiré, tranquilo, sosegado.
No me despertaré por la mañana
Ni por la tarde. ¿Nunca?
¿Monstruo sin cuerpo yo?
        Se cumpla el orden.

15 No te entristezca el muerto solitario.
En esa soledad no está, no existe.
Nadie en los cementerios.
¡Qué solas se quedan las tumbas!

EMILIO
PRADOS

Cuerpo perseguido (1928)

CERRÉ MI PUERTA AL MUNDO

Cerré mi puerta al mundo;
se me perdió la carne por el sueño…
Me quedé interno, mágico, invisible,
desnudo como un ciego.

5 Lleno hasta el mismo borde de mis ojos
me iluminé por dentro.

Trémulo, transparente,
me quedé sobre el viento,
igual que un vaso limpio
10 de agua pura,
como un ángel de vidrio
en un espejo.

Calendario incompleto del pan y el pescado (1934)

AGOSTO EN EL MAR

Arde el sol sobre las playas.
Como una navaja abierta,
su verde cuchilla el mar
tiende brillante en la arena.
5   Tiembla la siesta en el agua.
Como un ascua cada piedra,
encendida por agosto,
su boca de fuego enseña.

Medio desnudos, descalzos,
10   hambre tan sólo en su espera,
dolor sólo en sus caras,
sólo en sus sueños tristezas;
cuerpos, o sombras de cuerpos,
que del cuerpo ni aun les deja
15   la figura de su nombre
la carga de sus miserias,
silenciosos y encorvados
bajo las tirantes cuerdas
que, clavándose en el mar,
20   las amplias redes sujetan,
los pescadores repasan
las horas de su pobreza.

Sangrando, sus pies se apoyan
sobre la candente arena,
25   que, al cubrirlos con su fuego,
llagas abiertas les deja.

Ciñe el silencio la jábega[1].
La sirga prosigue lenta
y el trabajo y la esperanza
30 en sed y rencor se truecan.
Sujeta al pecho la tralla[2],
la sangre en sus venas seca,
el dolor en sus miradas
y en sus odios la conciencia:
35 sirgan[3], sirgan sirgadores,
una miserable pesca
que ya prendida en las redes
temblando aún viva les muestra
mayor hambre a su descanso,
40 menor justicia a su fuerza.

Ciñe el silencio la jábega.
Hierve en el aire la siesta.
Arde el sol sobre las playas…
Como una navaja abierta,
45 su verde cuchilla, el mar
clava brillando en la arena.

[1]Jábega: Red de pescar de más de cien brazas de largo, compuesta de un copo y dos bandas, de las cuales se tira desde tierra por medio de cabos muy largos.
[2]Tralla: Utensilio de que se valen los pescadores para sacar a flote el copo.
[3]Sirga: Maroma que sirve para tirar las redes, para llevar las embarcaciones desde tierra, principalmente en la navegación fluvial, y para otros usos.

La tierra que no alienta (1934)

ASÍ LA MUERTE

Pronto, pronto, muy pronto ya,
la interior estrella de mi inverso viaje
vencerá felizmente el imán que hoy la aprieta:
¡Qué amanecer más dulce sobre el olor del pino!
5   ¡Qué navegar sin sienes en la piel del relámpago!

Náufrago o vagabundo
bajaré en mi destino,
a ese profundo mar parado
donde flotando quieto
10 entre calientes tierras me consuma y me entregue.
Ahogado del gemido,
volándome hacia adentro:
¡por qué infinita cueva volveré a ser escombro!

Sí, el escombro, las fuentes,
15 las misteriosas fuerzas que dos espinas juntan,
el gas que sin angustia ni dolor se dilata,
la diminuta oruga que prueba los calores,
el lienzo destejido,
la arcilla, el hierro, el cáñamo fecundo.

20 Y el papel,
   el olvido de más dolientes hombres,
   la aguja en que llovían,
   el pesaroso estambre que hirieron en sus luchas,
   su muerta luz,
25 sus ríos,
   la forma o la memoria que volaron sus aves…

   Visitador constante de la eterna dolencia
   allí junto a la piedra que sin ser ala ríe
   como el agua y la llama siendo por ser sin límites;
30 —¡Oh feliz persistencia de mi cuerpo en el mundo!—:
   entrar, volver de nuevo, estar continuo en su presente.

   Aunque… ¿adónde? ¿hacia dónde? ¿hacia dentro? ¿hacia
   fuera? ¿hacia siempre? ¿hacia nunca?...
   Vivir: perenne instancia de mi amor o la luna
35 para dorar tan sólo un halo en cada viento.

Llanto en la sangre (1937)

CIUDAD SITIADA

Entre cañones me miro,
entre cañones me muevo:
castillo de mi razón
y fronteras de mi sueño
5   ¿dónde comienza mi entraña
y dónde termina el viento?...
No tengo pulso en mis venas,
sino zumbido de trueno;
torbellinos que me arrastran
10 por las selvas de mis nervios;
multitudes que me empujan,
ojos que queman mi fuego,
bocanadas de victoria,
himnos de sangre y acero,
15 pájaros que me combaten,
alzan mi frente a su cielo
y ardiendo dejan las nubes
y tembloroso mi suelo,
¡Allá van!...
Pesadas moles
20 cruzan mis venas de hierro.
Toda mi firmeza aguarda
parapetada en mis huesos.

Compañeros del presente,
fantasmas de mis recuerdos,
25 esperanzas de mis manos
y nostalgias de mis juegos:
¡todos en pie a defenderme
que está mi vida en asedio;
que está la verdad sitiada
30 y amenazada en mi pecho!
¡Pronto, en pie, las barricadas,
que el corazón está ardiendo!
No han de llegar a apagarlo
negros disparos de hielo.

35 ¡Pronto, de prisa, mi sangre,
arremolíname entero!
¡Levanta todas mis armas,
mira que aguarda en su centro,
temblando, un turbión[1] de llamas
40 que ya no cabe en mi cerco!
¡Pronto, a las armas, mi sangre,
que ya me rebosa el fuego!
Quien se atreva a amenazarlo,
tizón se le hará su sueño…

---

[1] Turbión: Aguacero con viento fuerte, que viene repentinamente y dura poco. Multitud de cosas que caen de golpe, llevando tras sí lo que encuentran.

---

45 ¡Ay ciudad, ciudad sitiada,
   ciudad de mi propio pecho:
   si te pisa el enemigo
   será para verme muerto!

   Castillos de mi razón
50 y fronteras de mi sueño:
   mi ciudad está sitiada,
   ¡entre cañones me muevo!...
   ¿En dónde empiezas, ciudad,
   que, no sé, si eres mi cuerpo?

Destino fiel (1938)

¿CUÁNDO VOLVERÁN?

El pájaro al viento,
la estrella a la mar
y el barco a su puerto
¿cuándo volverán?

5 El hombre a su arado,
el fuego a su hogar
y la flor al árbol:
¿cuándo volverán?

Baje del viento la bala
10 y mire el hombre su mano.
Calme con ella el dolor
en la frente de su hermano.

El pájaro al viento
y el fuego al hogar:
15 ¿cuándo volverán?

Penumbras (1941)

CUANDO ERA PRIMAVERA

Cuando era primavera en España:
frente al mar, los espejos
rompían sus barandillas
y el jazmín agrandaba
5   su diminuta estrella,
hasta cumplir el límite
de su aroma en la noche…
¡Cuando era primavera!

Cuando era primavera en España:
10 junto a la orilla de los ríos,
las grandes mariposas de la luna
fecundaban los cuerpos desnudos
de las muchachas
y los nardos crecían silenciosos
15 dentro del corazón,
hasta taparnos la garganta…
¡Cuando era primavera!

Cuando era primavera en España:
todas las playas convergían en un anillo
20 y el mar soñaba entonces,
como el ojo de un pez sobre la arena,

frente a un cielo más limpio
que la paz de una nave, sin viento, en su pupila.
¡Cuando era primavera!

25 Cuando era primavera en España:
los olivos temblaban
adormecidos bajo la sangre azul del día,
mientras que el sol rodaba
desde la piel tan limpia de los toros
30 al terrón en barbecho[1]
recién movido por la lengua caliente de la azada.
¡Cuando era primavera!

Cuando era primavera en España:
los cerezos en flor
35 se clavaban de un golpe contra el sueño
y, los labios crecían,
como la espuma en celo de una aurora,
hasta dejarnos nuestro cuerpo en su espalda,
igual que el agua humilde
40 de un arroyo que empieza…
¡Cuando era primavera!

Cuando era primavera en España:
todos los hombres desnudaban su muerte
y se tendían confiados, juntos, sobre la tierra,

---

[1]Barbecho: Tierra de labranza que no se siembra durante uno o más años.

45 hasta olvidarse el tiempo
    y el corazón tan débil por el que ardían…
    ¡Cuando era primavera!

    Cuando era primavera en España:
    yo buscaba en el cielo,
50 yo buscaba
    las huellas tan antiguas
    de mis primeras lágrimas
    y todas las estrellas levantaban mi cuerpo
    siempre tendido en una misma arena,
55 al igual que el perfume, tan lento,
    nocturno, de las magnolias…
    ¡Cuando era primavera!

    Pero, ¡ay!, tan sólo
    cuando era primavera en España.
60 ¡Solamente en España,
    antes, cuando era primavera!

Mínima muerte (1944)

ÚLTIMA CANCIÓN
Canción antigua

Sólo recoja mi voz
el que, al desnudar el viento,
conozca el cuerpo de Dios.

Jardín cerrado (1946)

MEDIA NOCHE

La luna arriba entre nubes,
igual que un pétalo errante.

Sobre la tierra, callada,
Mayo nace.
5   —¿Mayo nace?
¡Nació la rosa!
    —Al nacer
nadie la vio.
     —¿Nadie?
10   —Nadie.

 —¿Quién la vio vivir?
   —El viento,
escondido entre los árboles.

 —¿Quién la vio vivir?
15   —El viento,
ya medio hundido en la tarde.

Está la tierra parada.
Mayo nace…

  —¿Mayo nace?…

20 (Yo sueño con un camino.
Nadie lo ve, nadie, nadie…)

CANCIÓN

Una vez tuve una sangre
que soñaba en ser río.
Luego, soñando y soñando,
mi sangre labró un camino.

5   Sin saber que caminaba,
mi sangre comenzó a andar,
y andando, piedra tras piedra,
mi sangre llegó a la mar.
Desde la mar subió al cielo…
10 Del cielo volvió a bajar
y otra vez se entró en mi pecho
para hacerse manantial
y agua de mi pensamiento…

Ahora mi sangre es mi sueño
15 y es mi sueño mi cantar,
        y mi cantar es eterno.

RINCÓN DE LA SANGRE

Tan chico el almoraduj
y... ¡cómo huele!
Tan chico.

De noche, bajo el lucero,
5   tan chico el almoraduj
y, ¡cómo huele!

Y... cuando en la tarde llueve,
¡cómo huele!

Y cuando levanta el sol,
10 tan chico el almoraduj
¡cómo huele!

Y, ahora, que del sueño vivo
¡cómo huele,
tan chico, el almoraduj!
15 ¡Cómo duele!...
Tan chico.

Circuncisión del sueño (1957)

TRANSPARENCIAS

¡Verde el poleo!
¡Verde!

Y el mirlo…
¡verde!

5   ¡Verde el viento en la cañada!

¡Verde el silencio!

—¿Quién?...
—¡Verde el eco
del verde en el agua!

10 (La noche es verde de tiempo.)

¡Verde el poleo!
¡Verde!

Río natural (1957)

ABRIL DE DIOS

"¿Adónde vas, Emilio?..."

(Quien me llama soy yo:
el viento entre los árboles.

¿El viento yo? No; el viento
5   no conoce, no ve,
no puede hallar mi nombre…)

"¿Adónde vas, Emilio?"

(Quien me llama soy yo:
una nube en el cielo.

10 ¿Una nube?...

       La tierra
está labrada.
       ¡Llueve!
Siento entrar gota a gota
a la lluvia en mi cuerpo…)

"¿Adónde vas, Emilio?"

15 (¡Habló la lluvia! ¿No?
Sobre la tierra cae
naturalmente en paz…
¡Llueve sobre el barbecho!)

"¿Adónde vas, Emilio?"

20 (La piel de mi costado
cruje, gime y se parte.
¡Mi sangre es una herida!
Broto a mi libertad:
nazco por mi costado…)

25 "Emilio: ¿adónde vas?..."

(Un verde diminuto,
tierno, tierno, ternísimo,
va subiendo de mí.
Sube y subo: ¡salimos!
30 Blanquísimo es el pie
que me oculta en la tierra…)

"Emilio: ¿adónde vas?..."

(Quien me llama soy yo.
¡Tal vez existo! Acaso

35 siempre he sido la tierra,
el cielo y Dios…
¡Su yerba diminuta!)

"¿Adónde vas, Emilio?"

(Levanto mis pestañas
40 cubiertas de rocío.)

"¿Adónde vas, Emilio?"
oigo en mi voz la yerba…

"¡No llores –dice el viento–
ya amanece en mis lágrimas:
45 seremos pronto Abril
y en él, los tres, Emilio!..."

(Sale el sol, se va el sol,
viene y se va la luna…)

"¿En dónde estás, Emilio?..."

50 ¡Canto otra vez!

¡Y Dios
siempre naciendo!

PEDRO
SALINAS

Presagios (1923)

EL ALMA TENÍAS

El alma tenías
tan clara y abierta,
que yo nunca pude
entrarme en tu alma.
5 Busqué los atajos
angostos, los pasos
altos difíciles…
A tu alma se iba
por caminos anchos.
10 Preparé alta escala
–soñaba altos muros
guardándote el alma–
pero el alma tuya
estaba sin guarda
15 de tapial[1] ni cerca.
Te busqué la puerta
estrecha del alma,
pero no tenía,
de franca[2] que era,

---

[1] Tapial: Pared de tierra húmeda.
[2] Franca: Sin impedimentos.

20 entradas tu alma.
  ¿En dónde empezaba?
  ¿Acababa, en dónde?
  Me quedé por siempre
  sentado en las vagas
25 lindes de tu alma.

Seguro azar (1929)

FE MÍA

No me fío de la rosa
de papel,
tantas veces que la hice
yo con mis manos.
5   Ni me fío de la otra
rosa verdadera,
hija del sol y sazón[1],
la prometida del viento.
De ti que nunca te hice,
10   de ti que nunca te hicieron,
de ti me fío, redondo
seguro azar.

---

[1] Sazón: Punto o madurez de las cosas, o estado de perfección en su línea.

Fábula y signo (1931)

UNDERWOOD GIRLS

Quietas, dormidas están,
las treinta, redondas, blancas
Entre todas
sostienen el mundo.
5 Míralas, aquí en su sueño,
como nubes,
redondas, blancas, y dentro
destinos de trueno y rayo,
destinos de lluvia lenta,
10 de nieve, de viento, signos.
Despiértalas,
Con contactos saltarines
de dedos rápidos, leves,
como a músicas antiguas.
15 Ellas suenan otra música:
fantasías de metal
valses duros, al dictado.
Que se alcen desde siglos
todas iguales, distintas
20 como las olas del mar
y una gran alma secreta.
Que se crean que es la carta,
la fórmula, como siempre.

Tú alócate
25 bien los dedos, y las
raptas y las lanzas
a las treinta, eternas ninfas
contra el gran mundo vacío,
blanco en blanco.
30 Por fin a la hazaña pura,
sin palabras, sin sentido,
ese, zeda, jota, i...

La voz a ti debida (1933)

¡Si me llamaras, sí,
si me llamaras!

Lo dejaría todo,
todo lo tiraría:
5   los precios, los catálogos,
el azul del océano en los mapas,
los días y sus noches,
los telegramas viejos
y un amor.
10   Tú, que no eres mi amor,
¡si me llamaras!

Y aún espero tu voz:
telescopios abajo,
desde la estrella,
15   por espejos, por túneles,
por los años bisiestos
puede venir. No sé por dónde.
Desde el prodigio, siempre.
Porque si tú me llamas
20   —¡si me llamaras, sí, si me llamaras!—
será desde un milagro,
incógnito, sin verlo.
Nunca desde los labios que te beso,
nunca
25   desde la voz que dice: "No te vayas".

¡Ay!, cuántas cosas perdidas
que no se perdieron nunca.
Todas las guardabas tú.

Menudos granos de tiempo,
5 que un día se llevó el aire.
Alfabetos de la espuma,
que un día se llevó el mar.
Yo por pedidos los daba.
Y por perdidas las nubes
10 que yo quise sujetar
en el cielo
clavándolas con miradas.
Y las alegrías altas
del querer, y las angustias
15 de estar aún queriendo poco,
y las ansias
de querer, quererte, más.
Todo por perdido, todo
en el haber sido antes,
20 en el no ser nunca, ya.

Y entonces viniste tú
de lo oscuro, iluminada
de joven paciencia honda,
ligera, sin que pesara
25 sobre tu cintura fina,
sobre tus hombros desnudos,
el pasado que traías

tú, tan joven, para mí.
Cuando te miré a los besos
30 vírgenes que tú me diste,
los tiempos y las espumas,
las nubes y los amores
que perdí estaban salvados.
Si de mí se me escaparon,
35 no fue para ir a morirse
en la nada.
En ti seguían viviendo.
Lo que yo llamaba olvido
eras tú.

Qué alegría, vivir
sintiéndose vivido.
Rendirse
a la gran certidumbre, oscuramente,
5 de que otro ser, fuera de mí, muy lejos,
me está viviendo.
Que cuando los espejos, los espías
—azogues[1], almas cortas—, aseguran
que estoy aquí, yo, inmóvil,
10 con los ojos cerrados y los labios,
negándome al amor
de la luz, de la flor y de los nombres,
la verdad trasvisible[2] es que camino
sin mis pasos, con otros,
15 allá lejos, y allí
estoy besando flores, luces, hablo.
Que hay otro ser por el que miro el mundo
porque me está queriendo con sus ojos.
Que hay otra voz con la que digo cosas
20 no sospechadas por mi gran silencio;
y es que también me quiere con su voz.
La vida —¡qué transporte ya!—, ignorancia
de lo que son mis actos, que ella hace,
en que ella vive, doble, suya y mía.

---

[1]Azogues: Ser o estar muy inquieto.
[2]Trasvisible: Que se deja ver tras algo.

25 Y cuando ella me hable
de un cielo oscuro, de un paisaje blanco,
recordaré
estrellas que no vi, que ella miraba,
y nieve que nevaba allá en su cielo.
30 Con la extraña delicia de acordarse
de haber tocado lo que no toqué
sino con esas manos que no alcanzo
a coger con las mías, tan distantes.
Y todo enajenado podrá el cuerpo
35 descansar, quieto, muerto ya. Morirse
en la alta confianza
de que este vivir mío no era sólo
mi vivir: era el nuestro. Y que me vive
otro ser por detrás de la no muerte.

Razón de amor (1936)

YA ESTÁ LA VENTANA ABIERTA

Ya está la ventana abierta.
Tenía que ser así
el día.
Azul el cielo, sí, azul
5 indudable, como anoche
le iban queriendo tus besos.
Henchida[1] la luz de viento
y tensa igual que una vela
que lleva el día, velero,
10 por los mundo a su fin:
porque anoche tú quisiste
que tú y yo nos embarcáramos
en un alba que llegaba.
Tenía que ser así.
15 Y todo,
las aves de por el aire,
las olas de por el mar,
gozosamente animado:
con el ánima
20 misma que estaba latiendo
en las olas y los vuelos
nocturnos del abrazar.
Si los cielos iluminan
trasluces de paraíso,

---

[1]Henchir: Llenar (ocupar totalmente con algo un espacio).

25 islas de color de edén,
es que en las horas sin luz,
sin suelo, hemos anhelado
la tierra más inocente
y jardín para los dos.

30 Y el mundo es hoy como es hoy
porque lo querías tú,
porque anoche lo quisimos.
Un día
es el gran rastro de luz

35 que deja el amor detrás
cuando cruza por la noche,
sin él eterna, del mundo.
Es lo que quieren dos seres
si se quieren hacia un alba.

40 Porque un día nunca sale
de almanaques ni horizontes:
es la hechura sonrosada,
la forma viva del ansia
de dos almas en amor,

45 que entre abrazos, a lo largo
de la noche, beso a beso,
se buscan su claridad.
Al encontrarla amanece,
ya no es suya, ya es del mundo.

50 Y sin saber lo que hicieron,
los amantes
echan a andar por su obra,
que parece un día más.

¿Serás amor,
un largo adiós que no se acaba?
Vivir, desde el principio, es separarse.
En el primer encuentro
5   con la luz, con los labios,
el corazón percibe la congoja
de tener que estar ciego y solo un día.
Amor es el retraso milagroso
de su término mismo:
10   es prolongar el hecho mágico
de que uno y uno sean dos, en contra
de la primer condena de la vida.
Con los besos,
con la pena y el pecho se conquistan,
15   en afanosas lides[2], entre gozos
parecidos a juegos,
días, tierras, espacios fabulosos,
a la gran disyunción[3] que está esperando,
hermana de la muerte o muerte misma.
20   Cada beso perfecto aparta el tiempo,
le echa hacia atrás, ensancha el mundo breve
donde puede besarse todavía.
Ni en el llegar, ni en el hallazgo
tiene el amor su cima:
25   es en la resistencia a separarse
en donde se le siente,

---

[2]Lides: Combates, peleas.
[3]Disyunción: Acción y efecto de separar y desunir. Separación de dos realidades, cada una de las cuales está referida intrínsecamente a la otra; p. ej., masculino y femenino; izquierdo y derecho.

desnudo, altísimo, temblando.
Y la separación no es el momento
cuando brazos, o voces,
30 se despiden con señas materiales:
es de antes, de después.
Si se estrechan las manos, si se abraza,
nunca es para apartarse,
es porque el alma ciegamente siente
35 que la forma posible de estar juntos
es una despedida larga, clara.
Y que lo más seguro es el adiós.

El contemplado (1946)

EL CONTEMPLADO

TEMA

De mirarte tanto y tanto,
del horizonte a la arena,
despacio,
del caracol al celaje[1],
5 brillo a brillo, pasmo a pasmo,
te he dado nombre: los ojos
te lo encontraron, mirándote.
Por las noches,
soñando que te miraba,
10 al abrigo de los párpados
maduró, sin yo saberlo,
este nombre tan redondo
que hoy me descendió a los labios.
Y lo dicen asombrados
15 de lo tarde que lo dicen.

---

[1]Celaje: Aspecto que presenta el cielo cuando hay nubes tenues y de varios matices.

¡Si era fatal el llamártelo!
¡Si antes de la voz, ya estaba
en el silencio tan claro!
¡Si tú has sido para mí,
20 desde el día
que mis ojos te estrenaron,
el contemplado, el constante
Contemplado!

Todo más claro y otros poemas (1949)

TODO MÁS CLARO

> *Hacia una luz mis penas se consumen*
> Jorge Guillén
> *(Camino del poema)*

I
LAS COSAS

Al principio, ¡qué sencillo,
allí delante, qué claro!
No era nada, era una rosa
haciendo feliz a un tallo,
5   un pájaro que va y viene
soñando que él es un pájaro,
una piedra, lenta flor
que le ha costado a esta tierra
un esmero de mil años.
10   ¡Qué fácil, todo al alcance!
¡Si ya no hay más que tomarlo!
Las manos, las inocentes
acuden siempre al engaño.

No van lejos, sólo van
15   hasta donde alcanza el tacto.
Rosa la que ellas arranquen
no se queda, está de paso.
Cosecheras de apariencias
no saben que cada una

---

20 está celando un arcano[1].
Hermosos, sí, los sentidos,
pero no llegan a tanto.

Hay otra cosa mejor,
hay un algo,
25 un puro querer cerniéndose
por aires ya sobrehumanos
–galán de lo que se esconde–,
que puede más, y más alto.
Un algo que inicia ya,
30 muy misterioso el trabajo
de coger su flor al mundo
–alquimia, birlibirloque[2]–
para siempre, y sin tocarlo.

[1] Arcano: Secreto muy reservado y de importancia.
[2] Birlibirloque: Expresión popular que quiere decir "por arte de magia".

Largo lamento (1975)

LA MEMORIA EN LAS MANOS

Hoy son las manos la memoria.
El alma no se acuerda, está dolida
de tanto recordar. Pero en las manos
queda el recuerdo de lo que han tenido.

5   Recuerdo de una piedra
que hubo junto a un arroyo
y que cogimos distraídamente
sin darnos cuenta de nuestra ventura.
Pero su peso áspero,
10 sentir nos hace que por fin cogimos
el fruto más hermoso de los tiempos.
A tiempo sabe
el peso de una piedra entre las manos.
En una piedra está
15 la paciencia del mundo, madurada despacio.
Incalculable suma
de días y de noches, sol y agua
la que costó esta forma torpe y dura
que acariciar no sabe y acompaña
20 tan sólo con su peso, oscuramente.

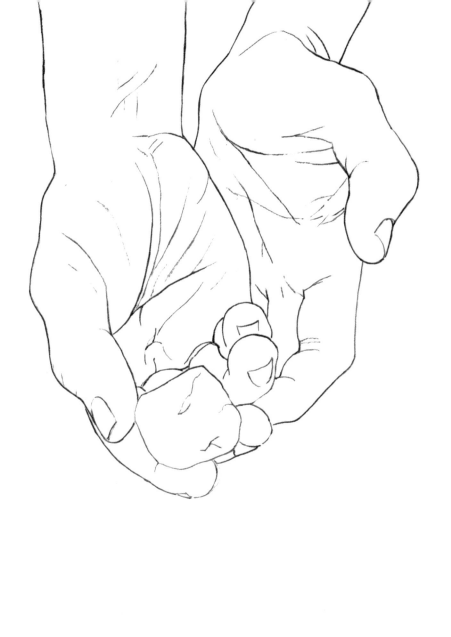

Se estuvo siempre quieta,
sin buscar, encerrada,
en una voluntad densa y constante
de no volar como la mariposa,
25 de no ser bella, como el lirio,
para salvar de envidias su pureza.
¡Cuántos esbeltos lirios, cuántas gráciles
libélulas se han muerto, allí, a su lado
por correr tanto hacia la primavera!
30 Ella supo esperar sin pedir nada
más que la eternidad de su ser puro.
Por renunciar al pétalo, y al vuelo,
está viva y me enseña
que un amor debe estarse quizá quieto, muy quieto,
35 soltar las falsas alas de la prisa,
y derrotar así su propia muerte.

También recuerdan ellas, mis manos,
haber tenido una cabeza amada entre sus palmas.
Nada más misterioso en este mundo.

40 Los dedos reconocen los cabellos
lentamente, uno a uno, como hojas
de calendario: son recuerdos
de otros tantos, también innumerables
días felices,
45 dóciles al amor que los revive.
Pero al palpar la forma inexorable
que detrás de la carne nos resiste
las palmas ya se quedan ciegas.
No son caricias, no, lo que repiten
50 pasando y repasando sobre el hueso:
son preguntas sin fin, son infinitas
angustias hechas tactos ardorosos.
Y nada les contesta: una sospecha
de que todo se escapa y se nos huye
55 cuando entre nuestras manos lo oprimimos
nos sube del calor de aquella frente.
La cabeza se entrega. ¿Es la entrega absoluta?
El peso en nuestras manos lo insinúa,
los dedos se lo creen,
60 y quieren convencerse: palpan, palpan.

Pero una voz oscura tras la frente,
—¿nuestra frente o la suya?—
nos dice que el misterio más lejano,
porque está allí tan cerca, no se toca
65 con la carne mortal con que buscamos
allí, en la punta de los dedos,
la presencia invisible.
Teniendo una cabeza así cogida
nada se sabe, nada,
70 sino que está el futuro decidiendo
o nuestra vida o nuestra muerte,
tras esas pobres manos engañadas
por la hermosura de lo que sostienen.
Entre unas manos ciegas
75 que no pueden saber. Cuya fe única
está en ser buenas, en hacer caricias
sin cansarse, por ver si así se ganan
cuando ya la cabeza amada vuelva
a vivir otra vez sobre sus hombros,
80 y parezca que nada les queda entre las palmas,
el triunfo de no estar nunca vacías.

NO RECHACES LOS SUEÑOS POR SER SUEÑOS

No rechaces los sueños por ser sueños.
Todos los sueños pueden
ser realidad, si el sueño no se acaba.
La realidad es un sueño. Si soñamos
5   que la piedra es la piedra, eso es la piedra.
Lo que corre en los ríos no es un agua,
es un soñar, el agua, cristalino.
La realidad disfraza
su propio sueño, y dice:
10   "Yo soy el sol, los cielos, el amor".
Pero nunca se va, nunca se pasa,
si fingimos creer que es más que un sueño.
Y vivimos soñándola. Soñar
es el modo que el alma
15   tiene para que nunca se la escape
lo que se escaparía si dejamos
de soñar que es verdad lo que no existe.
Sólo muere
un amor que ha dejado de soñarse
20   hecho materia y que se busca en tierra.

Índice general de poemas

Rafael Alberti:

Vicente Aleixandre:

Emilio Prados:

Pedro Salinas: